rororo

Volkmar Nebe, Jahrgang 1960, hat schon als Treckerfahrer, Theatermusiker, Psychiatriehelfer, Werftarbeiter und Traumschiffpianist gearbeitet. Inzwischen ist er hauptberuflich Drehbuchautor, unter anderem für «Tatort» und «SK Kölsch». Er hat zwei Kinder und kennt den Lebensraum Spielplatz aus eigener Anschauung sehr gut. Das zeigte schon sein Debüt «Allein unter Spielplatzmüttern» (rororo 24404).

Volkmar Nebe

Der Mann mit dem
Bobby-Car

Roman | Rowohlt Taschenbuch Verlag

Für Bente, Maite und Tammo

1001 Dank an Knud Sander sowie an Peter Markhoff

Originalausgabe
Veröffentlicht im Rowohlt Taschenbuch Verlag,
Reinbek bei Hamburg, März 2008

Umschlaggestaltung any.way, Barbara Hanke / Cordula Schmidt
(Foto: Laurence Dutton / Getty Images; Fred Dott)
Die Verwendung des Begriffs BOBBY-CAR erfolgt
mit freundlicher Genehmigung der
BIG-SPIELWARENFABRIK GMBH & CO. KG,
Werkstraße 1, 90765 Fürth als Inhaber der
eingetragenen Marke BIG-BOBBY-CAR
Satz Dolly PostScript bei Pinkuin Satz und Datentechnik, Berlin
Druck und Bindung CPI – Clausen & Bosse, Leck
Printed in Germany
ISBN 978 3 499 24584 8

Inhalt

1 | Fotokunst Harms

Ich radele viel zu schnell durch die pralle Mittagssonne und das am heißesten Maitag seit Jahrzehnten. Meine dreijährige Tochter Kaya schläft tief und fest auf dem Kindersitz, ihr verschwitzter Lockenkopf hängt abgeknickt auf der rechten Schulter. Inzwischen wiegt sie so viel wie fünfzehn Milchkartons. Kaya und ich haben – wie immer – den Vormittag zusammen verbracht. Jetzt ist Jette dran: Vor mir liegt ein großer Haufen Arbeit. Deshalb bin ich wohl auch zu früh am Treffpunkt.

Ich schiebe mein Rad unter die orangefarbene Markise von «Fotokunst Iris Harms» und lehne es behutsam an die Häuserwand. Leider bringt der Schatten keine Linderung, denn hier staut sich die Hitze umso mehr. Kaum habe ich mein Gesicht mit dem Handtuch abgewischt, bricht der Schweiß aufs Neue durch alle Poren.

Im Schaufenster spiegelt sich ein erschöpfter mittelalter Mann mit dunklen, feuchten Flecken auf rotem T-Shirt. Der bin wohl ich. Normalerweise bin ich einigermaßen zufrieden mit meinem Aussehen, vereinzelte graue Haare werden von der überwältigenden Mehrheit der blonden überdeckt, mein Gewicht ist seit der Geburt von Kaya zwar gestiegen, laut Krankenkassen-Tabelle aber noch normal. Trotzdem schätzen mich immer mehr Leute so alt, wie ich bin: 38. Das war schon mal anders.

Der Kontrast zwischen mir und den ausgestellten Bildern könnte nicht größer sein: Brautpaare, die sich durch einen Forsythienstrauß hindurch küssen, ältere Herren mit kokettem Oberlippenbart und strengem Seitenscheitel, Teenager mit weitaufgerissenen Augen. Ihr Teint ist porentief rein, alle sehen aus wie Models – erst auf den zweiten Blick offenbaren sich kleine Abweichungen: hier ein leichter Silberblick, da ein schiefer Schneidezahn oder eine krumme Nase. Und weil Braut- und Sonntagskleidung denselben Effekt zeitigt wie handelsübliche Fahrradhelme – alle sehen darin gleich bescheuert aus –, macht sich die Fotografin die unbegrenzten Möglichkeiten der digitalen Bildbearbeitung zunutze. Ganze Familien steigen als «Herr-der-Ringe»-Elben aus Nebelwäldern auf, eine ältere Dame mit prächtiger Habichtsnase schwebt gar über einem tibetischen Bergsee – und das mit brennender Zigarette im Mund. Respekt!

Eines der Gesichter kenne ich, das ist die mollige, ältere Bäckereifachverkäuferin aus unserer Straße! Kokett kreuzt sie ihre fleischigen Unterarme über dem nackten Busen.

Doch das alles irritiert mich noch nicht. Nur hängen neben den Porträts, vollkommen gleichberechtigt, Aufnahmen von drei Hundeköpfen, und zwar die hässlichsten Promenadenmischungen, die ich je gesehen habe: kleine Köpfe auf plumpen Körpern mit krummen Zähnen und Warzen an der Schnauze. Um vom Offensichtlichen abzulenken, hat man ihnen rosa Schleifchen ins dünne Haar gebunden, was es noch schlimmer macht. Gespenstisch geradezu. Wer wollte sich neben diesen Geschöpfen ausstellen lassen?

Ich will nicht länger hier warten und rufe Jette auf dem Handy an: «Wo steckst du?»

Wir sind schon so lange zusammen, dass wir uns nicht mehr mit Namen melden. Auf Grußformeln wie «Hallo Jette, hier ist Torben» können wir verzichten. Was nicht heißt, dass wir uns deswegen weniger lieben.

«Entschuldigung», sagt Jette, «ich habe keine Uhr um, kommt doch einen Moment rein.»

«Wo rein?»

«In den Fotoladen.»

«Du bist *da drin?*», frage ich entsetzt.

«Ich brauche neue Passbilder.»

Ausgerechnet hier?

Ich hebe Kaya vorsichtig aus dem Kindersitz und spüre sofort: Das fühlt sich nicht gut an. Genauer: Es fühlt sich klebrig an. Kayas hellrosa Kleid ist überall mit Eis bekleckert, man erkennt deutlich je eine Kugel Schokoladen- und Schlumpfeis. Ihr Mund ist total verschmiert, die blonden Locken mit Sonnencreme verfilzt. Sie schlägt ihre hellgrünen Augen auf und lächelt.

«Wo gehn wir hin?», nuschelt sie schlaftrunken.

«Wir holen Mama da raus.»

Von innen ähnelt «Fotokunst Harms» einer alten Apotheke. Hinter dem Tresen befinden sich riesige, alte Holzschränke mit Hunderten kleiner Schubladen. Es riecht nach altem, metallischem Staub. Sehen kann ich niemanden. Vorsichtig schiebe ich den Vorhang zum Atelier beiseite und bekomme einen Schock: Meine Liebste hockt in Bäckereifachverkäuferinnen-Pose auf einem Schemel, die Arme hält sie vor ihrem nackten Busen verschränkt. Die Hosen hat sie noch an, wenigstens das.

«Hallo?»

Ich weiß gar nicht, warum meine Stimme dabei so fragend ansteigt. Als wollte ich den Satz «Hallo, Jette, schön, dich zu sehen, aber was machst du da bloß?» zu einem einzigen Wort zusammenziehen. Außerdem sieht man ja ziemlich deutlich, was hier vor sich geht. Eigentlich sieht man sogar ALLES.

Ich bewundere aufs Neue Jettes zartbraune Haut, Jette war viel in der Sonne in ihrem Leben, obwohl sie im nördlichen Dänemark aufgewachsen ist. Und ihren stolzen kleinen Busen finde ich immer noch fast so aufregend wie am ersten Tag – nur nicht hier! Wird sie demnächst neben den Hundemutationen im Schaufenster hängen?

Jette strahlt: «Da seid ihr ja!»

Ich gebe ihr einen Kuss auf die Wange: «Verlangen die Behörden neuerdings Nacktbilder im Pass?»

Jette streichelt Kaya über den Kopf: «Nur bei der Einreise in die USA.»

«Da möchte man gerne Zollbeamter sein», schmeichle ich.

«Die Fotos sind für Kaya, wenn sie aus dem Haus geht», erklärt Jette, «dann bin ich über fünfzig. Kaya soll später mal wissen, wie ihre Mutter aussah, als sie jünger war.»

Das ist sehr vorausschauend. Wenn wir uns jetzt noch über das Pflegeheim einig werden, gibt es später keine bösen Überraschungen.

Kaya will auf Jettes Schoß krabbeln. Doch trotz aller Mutterliebe hält Jette unsere kleine Eisbombe mit ausgestrecktem Arm von sich fern, sonst wäre ihre helle Hose ein Fall für die chemische Reinigung. Plötzlich bemerke ich ein merkwürdiges Fiepsen, eine Art schrilles Surren. Es kommt näher und ist nun als scheppernde Singstimme zu erkennen. Eindeutig: «Like a virgin» von Madonna – nicht falsch, aber auch nicht schön. Die Stimme gehört Iris Harms, der Fotografin, die mit einer großen Kamera vor dem Bauch aus dem Hinterzimmer stolpert. Sie ist Mitte vierzig, ihre grauen Haare sind streichholzkurz geschnitten, auf ihrer Nase sitzt eine Halbbrille mit dickem rotem Plastikrahmen. Dazu trägt sie schwarze Herrenhosen mit Nadelstreifen, ein blütenweißes Hemd und einen exzentrischen gelben Schlips.

Hinter ihr huschen drei laut bellende, verwachsene Hunde herein. Mir stellen sich die Nackenhaare auf: Es sind die «Models» aus dem Schaufenster. Selbst Kaya, der größte Hundefan der Welt, reagiert befremdet.

«Hallo, da ist ja der Gatte!», ruft Iris Harms fröhlich.

Sie macht ein Foto von uns, als sich Jette gerade wieder ihr T-Shirt anzieht. Soll dieses Foto etwa unter dem Titel «Verschwitzter Mann neben halbnackter Frau» ins Schaufenster? Iris Harms presst ihre Stimme künstlich nach unten: «Na, wie sieht es aus – ein paar Fotos von der ganzen Familie?»

Das werde ich zu verhindern wissen!

«Danke, lieber nicht.»

Ich deute entschuldigend auf mein verschwitztes T-Shirt.

«Ich will sowieso weg von den gestellten Bildern», verkündet Iris augenzwinkernd. «Nun seien Sie kein Spielverderber! Ihre Frau hat mir erzählt, dass Sie beim ‹Fuhlsbüttler Anzeiger› arbeiten – die Fotos gehen natürlich aufs Haus, Herr Heydorn.»

Als wollten sie das bekräftigen, bellen die drei Köter wild los. Jette bedeutet mir in Zeichensprache, dass sie unbedingt loswill. Zu spät! Ich arbeite seit einigen Monaten als freier Mitarbeiter des «Fuhlsbüttler Anzeiger», da zählen vor allem Kontakte – die ich nicht habe. Eine Fotografin wie Iris Harms kommt herum im Viertel, sie kennt alle und jeden. Mit der muss ich mich gutstellen.

«Wenn Sie meinen, das ist nett.»

«Unterhalten Sie sich ganz normal weiter, ich halte einfach drauf.»

Mehrere Blitze zucken vor unseren Augen. Dann reicht Iris Harms uns stolz ihre Kamera, damit wir die Ergebnisse auf dem Display begutachten können. Rein äußerlich mag man nicht glauben, dass wir auf demselben Zivilisationsstand leben, geschweige denn eine Familie sind: Kaya und ich sehen aus, als kämen wir gerade vom Schlammcatchen, daneben steht die tadellos gekleidete Jette. Meine Liebste verzieht keine Miene, als sie die Fotos begutachtet.

«Man sieht einen durchgeschwitzten Messie, zusammen mit seiner verdreckten Tochter. Beide schauen trotzig in die Kamera der Reporterin. Sie finden es vollkommen normal, dass der Müll eines ganzen Jahres in der Küche vor sich hingammelt. Nur ganz vage spürt der Messie-Mann, dass irgendwie irgendwo irgendetwas falsch gelaufen sein muss.»

«Und wer ist die elegante Dame in der Mitte, die das Kind angeekelt von sich fernhält?», erkundige ich mich.

«Das ist die Familienrichterin, die Vater und Tochter aus ihrem Elend befreit hat. Sie möchte sich nicht anstecken, weil das Kind noch entlaust werden muss.»

«Was heißt ‹entlaust›?», will Kaya wissen.

Iris Harms möchte ein paar Fotos von Kaya alleine machen. Ich fühle mich verpflichtet, ihr klare Grenzen zu setzen: «Seerosen sind o.k., Kaya kann auch in den Streichelzoo oder zu den Flamingos, ich möchte sie nur nicht im Himmel zwischen den Wolken schweben sehen.»

So etwas sieht für mich aus wie eine Trostkarte im Trauerfall. Entsetzlich!

«Aber ...»

«Religiöse Gründe», behaupte ich, ohne das weiter auszuführen.

Iris Harms nickt verständnisvoll und bohrt nicht weiter nach: «Kein Problem.»

«Wer ist eigentlich die schwebende Frau mit der brennenden Zigarette draußen im Schaufenster?»

«Die wohnt in einer Alten-WG, nette Frau.»

«Haben Sie ihre Adresse?», meldet sich der Reporter in mir. «Das könnte ein Thema für den ‹Fuhlsbüttler› sein.»

«Schreibe ich Ihnen gerne auf.»

Während Kaya fotografiert wird, fallen Jette und ich erschöpft auf eine Lederludercouch in einer Ecke des Studios. «Alles wird besser», raune ich ihr zu. Denn ab morgen haben wir endlich unseren 6-Stunden-Platz in der Kita, sodass wir beide vormittags voll durcharbeiten können. Jette übernimmt Kayas Eingewöhnung, sie hat sich extra Urlaub genommen. Mein Terminkalender ist dementsprechend randvoll, ich habe eine Riesenliste von Interviews vorzubereiten. Es gibt viel zu tun, Gott sei Dank! Denn unserer Bank zufolge sind wir an der Grenze unseres Überziehungskredits angelangt.

«Du, Torben ...», beginnt Jette und redet nicht weiter. Dem Tonfall nach ist sie schwanger – aber das kann eigentlich nicht sein, oder ...?

«Ja?»

«Mein Oberchef in Berlin ist krank geworden. Ich soll ihn für einige Tage vertreten. Doppelter Tagessatz plus Spesen.»

«Aha?»

«Ich müsste schon heute Abend los.»

Mein Blutdruck schießt auf einen Wert, der nach gesicherten medizinischen Erkenntnissen in meinem Alter als Auslöser von Herzinfarkten und Schlaganfällen gilt: «Und was wird mit Kayas Eingewöhnung? Ich habe morgen wichtige Termine!»

Jette sieht mich schweigend an.

2 | Eingewöhnung

Mein Chef Norbert Schwella gibt mir drei Tage: «Es tut mir leid mit deinem Kinderärger, aber ich muss unser Blatt vollkriegen. Wenn du keine Artikel lieferst, kann ich dich nicht gebrauchen.»

Da ich freier Mitarbeiter bin, muss er mir nicht einmal offiziell kündigen. Schwella zahlt erbärmlich, aber der «Fuhlsbüttler Anzeiger» ist zurzeit meine einzige Geldquelle. Mit anderen Worten: Kayas Eingewöhnung im Kindergarten muss so schnell wie möglich funktionieren. Angesichts dieser Bedrohung darf ich nichts dem Zufall überlassen, ich brauche einen verlässlichen Plan! Zum Glück kann ich auf ein paar gute Bücher über Krisenmanagement zurückgreifen. Ich blättere sie hektisch durch und werde prompt fündig. Es liegt auf der Hand: Der Weg zum Erfolg führt über die Qualität, die ich überall, an jeder Stelle, erzeugen muss. Am Ende des Abends steht ein ausgefeilter 5-Punkte-Plan:

1. Stell dich besonders gut mit deinem Kind!
2. Schwimme mit dem Strom, erzeuge nirgendwo Widerstand, sei ausgesucht freundlich zu den übrigen Kindergarteneltern!
3. Geh aufmerksam mit den Erzieherinnen um, unterstütze sie, wo du kannst.

4. Bring dich als Spielpartner auch für andere Kinder ein, umso schneller fühlt sich deine Tochter im fremden Land wie zu Hause.
5. Besonders wichtig, als Mann: Mach nie auf unbeholfenen Vater, sondern wirke stets patent, damit sammelst du am meisten Punkte bei allen Beteiligten.

Kaya wacht am nächsten Tag eine Stunde früher auf als sonst und frühstückt so gut wie nichts. Ich soll ihr Zöpfe ins blonde Haar flechten und ihre Lieblings-Haarspangen mit den rosa Delphinen anstecken. Wird erledigt. Das schwüle Wetter ist nach einem nächtlichen Gewitter einer Tieffront gewichen, der Morgen nasskalt, die Stadt liegt unter einer geschlossenen grauen Wolkendecke. Kaya ist das egal – genauso gut könnte es in Strömen regnen oder hageln. Heute vollzieht sich für sie der ersehnte Upgrade aus der untersten Lebenskaste. Sie hopst an meiner Hand auf und ab wie ein Flummiball und juchzt: «Kiiindergaaaaarten ...»

So überdreht und euphorisch habe ich sie selten erlebt. Da brauche ich mir wegen der Eingewöhnung wohl keine Sorgen zu machen. Kaya ist ein selbstbewusstes, kontaktfreudiges Kind, das gelernt hat, Spielzeug zu teilen und nett zu Kleineren zu sein. Außerdem weiß sie schon jetzt, wie sie Menschen mit einem bestimmten Augenaufschlag um den Finger wickeln kann. Das wird ihr Türen und Herzen öffnen!

Unsere Kindertagesstätte ist in einem länglichen Flachbau untergebracht, dahinter erstreckt sich eine hügelige Sandwüste, unterbrochen von Grasoasen und voller Spielgeräte. Hier spielen, toben und heulen vier Gruppen mit insgesamt 2500 Kindern, gefühlt jedenfalls, in Wirklichkeit sind es an die achtzig. Vor dem Haus nimmt die Dichte an Vätern, Müttern und Kindern dramatisch zu, ebenso der hektische und gefährliche Verkehr von parkplatzsuchenden Kombis, Vans, Kleinwagen und Unmengen von Karren, Fahrradsitzen und -anhängern.

Was habe ich früher gelästert: Eltern fahren unattraktive Kombis, sehen Filme nie im Kino, sondern nur auf DVD, kennen die neuesten CDs nur aus Zeitschriftenempfehlungen und geben gerne damit an, dass sie letztens in einem «neuen Laden» waren – den es schon seit über einem Jahr gibt. Jetzt gehöre ich selber zum Elternvolk und trage dessen landestypische, öde Tracht: atmungsaktiver Anorak, kleiner Rucksack und festes Schuhwerk.

Mitten im Türeingang lässt sich Kaya auf den Boden plumpsen. Prompt stauen sich hinter uns nachrückende Mütter und Väter.

«Was ist?», frage ich belustigt.

Kaya kneift ihre Augen entschlossen zusammen: «Will nicht.»

«Wieso nicht?», stöhne ich mit beherrschter Stimme und schiebe sie mit sanfter Gewalt zur Seite. Die anderen Mütter und Väter drängeln sich rücksichtslos an uns vorbei.

«Kindergarten ist doof.»

«Wie willst du das beurteilen? Du warst doch gar nicht drinnen!»

Logisch, oder?

«Egal!»

Ich könnte schreien! Aber das wäre pädagogisch unklug und würde Kaya nur bestärken. Ich schreie trotzdem: «Du hast dich die ganze Zeit gefreut, und jetzt gehen wir rein, basta!»

«Basta» ist übrigens ein altmodisches Wort, das ich von meinem Vater übernommen habe und welches ich – unbewusst – nur gebrauche, wenn ich mich aufrege, so wie mein

Vater früher. Natürlich bewegt sich Kaya trotzdem kein Stück weiter (genauso wenig wie ich damals). Andere Elternteile mustern mich bereits abfällig. Toller Einstand, Torben! Um meinen pädagogischen Fehler auszugleichen, schwenke ich um: «Wenn du mitkommst, kriegst du heute Nachmittag ein großes Eis, und wir fahren in den Zoo.»

Damit habe ich wahrscheinlich den nächsten schweren Fauxpas begangen, aber das ist mir egal. In den Gesichtern der umstehenden Mütter und Väter entdecke ich überraschenderweise ungeteilte Zustimmung – Bestechung und Erpressung werden von Eltern jedweder Herkunft offenbar pauschal entkriminalisiert und unter «positiv verstärken» als «pädagogisch korrekt» verbucht. Mir soll's recht sein.

«Aber nicht weggehen!», wimmert Kaya.

«Ich bleibe die ganze Zeit bei dir, versprochen!»

Wir lassen uns von der Menge hineinschieben. Unser Ziel sind die «Wühlmäuse» am Ende des Flurs, zu denen Kaya ab jetzt gehört. Der Gang ist schmal und überfüllt – so ein Kindergarten besteht neben Wänden und Dach aus Millionen von Teilchen, die überall herumliegen oder -hängen. In meinem Rucksack allein befinden sich eine Regenkombi mit Jacke, Hose und Gummistiefeln, Ersatzunterwäsche, T-Shirt, Pullover, Hose, Socken und Hausschuhe und – natürlich! – ein Sonnenhut (Handtücher, Waschlappen, Windeln, Brot- und Müslidosen, großes und kleines Spielzeug, CDs und Buntstifte nicht eingerechnet). Das Ganze muss man mal achtzig nehmen. Hintereinandergelegt ergäben alle Kleinteile eine Strecke von Hamburg nach Shanghai, wobei allein die Ersatzklamotten bis Vorderasien reichten.

Ich grüße alle freundlich, um zu zeigen, dass ich ab heute zu ihnen gehören möchte. Keiner grüßt zurück. Ein bulliger blonder Mann versucht das Unmögliche: Er hat sich seinen gelben Schlips über die Schulter geworfen und telefoniert, während er sich mit seinem Sohn auf eine Überholspur drängelt, die es nicht gibt. Überall sitzen Kinder im Weg und ziehen sich die Schuhe aus bzw. sitzen im Weg und weigern sich, ihre Schuhe auszuziehen. Der Lärmpegel überschreitet die erlaubten Spitzenwerte und ist ohne Ohrschützer kaum auszuhalten.

Der Vater brüllt in den Hörer, er hat Stress im Büro, zwei seiner Mitarbeiter sind ausgefallen. Dass er seinen Sohn persönlich hier abgeben muss, empfindet er offensichtlich als Zumutung. Am liebsten würde er ihn wohl über eine Art Babyklappe entsorgen – wenn möglich direkt vom Auto aus.

Im Gruppenraum der «Wühlmäuse» sitzen die Drei- bis Fünfjährigen bereits beim Frühstück – bunte Brillen, Zahnlücken, schwarze, weiße, türkische, deutsche Kinder. Kaya rennt gleich zu Anne, der Erzieherin, und klettert auf ihren Schoß. – Ich bin total verblüfft. Anne hätte mir als Kind eher Angst eingejagt (in meiner Kindergartenzeit kannte man Erscheinungen wie sie höchstens von entlegenen Naturvölkern).

Anne ist ungefähr Ende zwanzig und muss gerade im Urlaub oder im Sonnenstudio gewesen sein. Ihr Puppengesicht ist makellos braun und glitzert überall. Sie trägt zwei Ringe durch die Lippe, einen durch die Nase, einen durch jede Augenbraue und vier Stecker je Ohrmuschel. Ihre klaren grünen Augen mustern mich kühl. Dann wendet sie sich Kaya zu: «Hallo, Kaya, schön, dass du da bist», lächelt sie, «ich bin Anne.»

Im Stillen addiere ich den zehnten Metallknopf auf ihrer Zunge hinzu. Als sie sich aufrichtet, bin ich erneut perplex: Wir begegnen uns direkt auf einer Augenhöhe von über eins achtzig, das erlebe ich bei Frauen selten. Dabei ist Anne schmal gebaut, sie wirkt trotz ihrer Größe fast zerbrechlich.

Die mollige Gruppenleiterin Ramona unterbricht meine Gedanken. Sie stürzt sich auf Kaya und schüttelt ihre kleine Hand: «Wir haben uns ja schon beim Vorstellungsgespräch kennengelernt, erinnerst du dich noch?»

Ramona hat ihre Bundfaltenjeans mit einer kurzärmligen weißen Bluse kombiniert, an den Füßen trägt sie rosa Hauspuschen mit lila Rüschen drauf. Ihre blondierte Dauerwelle brennt in meinen Augen.

Ich blinzele kurz, setze mich dann auf einen viel zu kleinen Kinderhocker und überlege, wie ich mich gleich einbringen werde – ein paar Zaubertricks zeigen? Fingerspiele? Etwas singen?

«Hey Kinder, hört mal zu», säuselt Rüschenpuschen-Ramona, «wir haben ein neues Mädchen. – Verrätst du den Kindern, wie du heißt?»

Kaya vergräbt ihren Kopf an Annes Brust. Hoffentlich stecken da nicht noch mehr spitze Metallteile!

«Das ist Kaya.» Anne kürzt die Sache ab. Daraufhin singen die Kinder auf eigenen Wunsch ein Begrüßungslied: «Wie schön, dass du Geburtstag hast», von Rolf Zuckowski. Obwohl Kaya gar nicht Geburtstag hat, findet sie es hinreißend.

Natürlich komme ich mir komisch vor, weil sie nicht auf meinem Schoß, sondern auf dem von Piercing-Anne sitzt. Mit Sicherheit haben die Erzieherinnen damit gerechnet, dass sich Kaya am ersten Tag ängstlich an mein Bein klammern würde. Meine Tochter hingegen zeigt deutlich, dass sie froh ist, von ihrem Vater wegzukommen.

Ich möchte Anne und Ramona signalisieren, dass es mir nichts ausmacht, weil ich Kayas Verhalten richtig einordnen kann, und lehne mich betont lässig an die buntbemalte Wand hinter meinem Kinderhocker. Die gibt sofort nach und fällt komplett um, weil sie nur provisorisch aufgestellt war. Ich krache neben dem Schild «Bitte nicht anlehnen!» auf den Boden. Es tut richtig weh, was ich mir natürlich nicht anmerken lasse.

Alle Kinder lachen, nur Kaya nicht.

«Typisch Vater», urteilt Piercing-Anne und verzieht das Gesicht. Allein dafür möchte ich meine Tochter am liebsten sofort wieder abmelden. Bloß werden wir so schnell keine neue Kita in unserer Nähe finden, wir haben monatelang auf diesen Platz gewartet. Kaya will, dass ich verschwinde: eine diplomatische Lösung, die uns alle das Gesicht wahren lässt. Respekt!

Ich vereinbare mit Anne und Ramona, dass ich in einer Stunde wiederkomme. Zur Sicherheit gebe ich ihnen meine Handynummer. Kaya bekommt einen Kuss, und weg bin ich.

Das war die wohl schnellste Eingewöhnung der Welt! Ich bin stolz auf meine Tochter.

Da der Kindergarten in Flughafennähe liegt, begebe ich mich auf einen Hügel neben der Landebahn. Dort gibt es einen Aussichtspunkt mit Kiosk. Der ideale Platz, um die nächste Stunde zu verbringen, bis ich Kaya wieder abhole. Vor mir schießt eine Maschine der «Air France» in die Luft. Ihre Turbinen kommen mir leiser vor als der gesamte Kindergarten. Ich bin derartig erleichtert wegen der reibungslosen Eingewöhnung, dass ich am liebsten einen Schnaps trinken würde. Aber ich möchte nachher nicht mit einer Fahne bei den Wühlmäusen auflaufen. Deswegen hole ich mir einen Kaffee.

Neben mir am Stehtisch lehnt ein schmaler, unrasierter Typ mit blauer Jeansjacke und langem blondem Pferdeschwanz. Er trägt einen dünnen rötlichen Bart. Ich schätze ihn auf ungefähr Mitte dreißig. Der Aufdruck vom vorvorletzten «Roskilde-Festival» auf seinem verwaschenen schwarzen T-Shirt ist kaum noch zu erkennen. Er trinkt Mezzomix aus einer 1,5-Liter-Flasche, die er immer wieder abstellt, um durch ein Fernglas den Himmel abzusuchen.

«Hat der sich verflogen, oder was?», wundert er sich laut und zückt ein Funkgerät: «Hat jemand die Jamaikaner auf dem Screen?»

Nach längerem Suchen entdecke ich einen winzigen Punkt am Himmel. «Wie kannst du auf diese Entfernung erkennen, dass das Flugzeug aus Jamaika kommt?»

Er versteht die Frage nicht: «Sieht man doch!»

«Der geht zur Werft», krächzt es aus dem Funkgerät.

Das Flugzeug kommt näher, nun kann auch ich den bunten Rumpf erkennen und darauf die Aufschrift: «Jamaican Airlines».

«Normal fliegen die Hamburg gar nicht an», weiß der Rotbärtige. «Der will sich hier durchchecken lassen.»

Er zückt eine Digitalkamera und hat bestimmt fünfzig Fotos geknipst, als die Maschine schließlich aufsetzt.

«Machst du das beruflich?», frage ich.

«Nee, ich bin Spotter.»

Ich zucke zusammen: Spotter? Wen verspottet der? Dann fällt mir im letzten Moment das englische «Trainspotting» ein, von dort komme ich auf «Planespotting». Vorsichtshalber vergewissere ich mich nochmal: «Planespotter beobachten Flugzeuge und tauschen sich im Internet darüber aus?»

«Yupp.»

Das wäre ein gutes Thema für den «Fuhlsbüttler Anzeiger». Und zudem eines, das mir hier direkt vor die Füße fällt! Wenn ich das Interview sofort mache, kann Schwella den Artikel noch heute Abend haben.

Ich zücke meinen Schreibblock und hangele mich durchs unbekannte Terrain: Seit wann interessiert er sich für Flugzeuge? Beobachtet er nur den Hamburger Flughafen oder auch andere? Welche sind seine Lieblingsflugzeuge?

Mike Brodersen, so heißt der Planespotter, erweist sich als wandelndes Fluglexikon. Von der C-130-Hercules der Swedish Airforce, die letzten Mittwoch hier landete, hat er sogar noch die Registrierungsnummer im Kopf (84001). Erstaunlich! Ich selbst hatte ganz vergessen, dass Schweden überhaupt eine Armee besitzt ...

Als Nächstes schwärmt Mezzo-Mike vom letzten Besuch des russischen Präsidenten, Stichwort: IL-62RA-86467. Dann rückt er näher an mich heran und senkt verschwörerisch seine Stimme: «Ich habe eine Riesenstory für dich!»

Das behauptet jeder zweite Interviewpartner. Und jedes Mal stellt sich das Ganze als maßlose Selbstüberschätzung heraus. Ich würde seine «Riesenstory» deshalb gerne übergehen und einfach weitermachen.

«Worum geht es denn?», frage ich höflich.

«Darüber kann ich hier nicht sprechen.»

«Aha. Vielleicht könnten wir dann erst mal die Planespotting-Geschichte abschließen?»

«Es hängt alles zusammen.»

Mein Handy unterbricht uns, laut Display ist es der Kindergarten. Piercing-Anne ist dran, im Hintergrund hört man ein Kind herzzerreißend schluchzen – Kaya.

«Deine Tochter weint seit einer Viertelstunde und lässt sich nicht beruhigen. Du musst kommen!»

Ich notiere mir schnell die Telefonnummer von Mike Brodersen und renne los.

3 | Weltverschwörung

«Der Flug aus Sankt Petersburg hat dreißig Minuten Verspätung», hallt es aus dem Lautsprecher. Kaya und ich hasten durchs Terminal 2 des Hamburger Flughafens. Auf der elektronischen Anzeigetafel werden die nächsten Abflüge angezeigt: Paris/Charles de Gaulle, Danzig, München, London City Airport, Moskau Scheremetjewo, Istanbul, Stuttgart und dreimal Mallorca. Doch Kaya und ich sind weder hier, um irgendwo hinzufliegen noch um jemanden abzuholen – und zum Gucken erst recht nicht. Wenn ich am Nachmittag die Planespotting-Geschichte abschließen will, muss ich Kaya bei Heinz parken.

Heinz ist Rentner und hat sich als Kayas Ersatz-Opa unentbehrlich gemacht. Er fand die Vorstellung unerträglich, sich auf ein Kissen zu stützen und den ganzen Tag lang den Straßenverkehr vor seiner Wohnung zu beobachten. Und weil der Flughafen viel aufregender ist als die verkehrsberuhigte Wohnstraße vor seiner Tür, verbringt er nun hier seine Tage. Als langjähriger Dauercamper ist er es gewohnt, mehrmals am Tag seine Runde über den Platz zu drehen und mit allen Nachbarn ein nettes Wort zu wechseln. Das hat er am Flughafen nicht aufgegeben. Inzwischen kennen ihn sämtliche Mitarbeiter an den Schaltern, vor allem die der

Vereinigten Arabischen Emirate und Litauens, die mag er am liebsten.

Jette und ich profitieren von Heinz' Fernweh und seiner Aufgeschlossenheit, denn wir wohnen nur zehn Minuten vom Flughafen Fuhlsbüttel entfernt und haben Kaya oft nachmittags ins Terminal 2 gebracht. Auf diese Weise ist unsere Tochter ein richtiges Flughafenkind geworden: Zu ihren ersten Worten zählten «Jürgen Winx» (German Wings) und «Lutschhammer» (Lufthansa).

Heute gebe ich Kaya am Sperrgutschalter ab, wo Heinz schon auf uns wartet. Zur ausgeleierten Jeans trägt er ein ausgeblichenes Baseball-Cap, die Füße stecken in Adiletten. Trotzdem würde ihn niemand mit einem Pauschaltouristen verwechseln. So viel Ausstrahlung muss einer mal haben!

Heinz legt sein Gesicht in ungefähr hundert Lachfalten und macht denselben Witz, den er immer macht, wenn er Kaya sieht: «Tut mir leid, gefährliche Tiere dürfen nur in Käfigen an Bord!»

Kaya kreischt lachend auf: «Ich bin kein Tier, ich bin Kaya!»

«Ein Kaya? Was ist das denn für ein Tier?»

Heinz muss nachher noch zum Arzt, die Zeit für das Interview wird daher äußerst knapp. Letztlich ist alles eine Frage der Disziplin – man verquatscht sich ohnehin viel zu oft. Meine Interviews müssen effektiver und konzentrierter werden.

«Moin, Reporter», grüßt Mike Brodersen. Sein rötlicher Bart ist unregelmäßig verwachsen, nur sein Pferdeschwanz ist korrekt gebunden, nicht ein Haar ragt heraus. «Moin, Spotter», grüße ich zurück, was ihm sichtlich gefällt.

Mezzo-Mike ist in Nordfriesland aufgewachsen, wo der eigene Kopf die höchste Erhebung in der Landschaft ist. An seinen Umzug nach Hamburg knüpfte er zwei Bedingungen: Seine Wohnung sollte citynah liegen, und vor seiner Haustür wollte er mindestens drei bis vier Kilometer freie Fläche sehen. Das Siedlungshaus aus den Fünfzigerjahren lässt diesbezüglich keine Wünsche offen.

Mike Brodersens Wohnzimmer ist vollständig mit weißen Schleiflack-Möbeln eingerichtet, die Tapete verblichen-orange mit braunen Mustern. Hier kann seit dreißig Jahren nicht mehr renoviert worden sein. Ein aufdringliches Raumspray überdeckt den Muffelgeruch im Raum unvollständig mit künstlichem Kieferndurft. Wenn die Möbel nicht so viele abgeplatzte Stellen hätten, könnte er das Zimmer als Siebzigerjahre-Museum verkaufen.

«Die Sachen hab ich von den Vormietern übernommen», entschuldigt sich Brodersen. «Die mussten ins Altenheim.»

Er schraubt eine 1,5-Liter-Flasche Mezzomix auf und bietet mir einen Schluck ohne Glas an, was ich dankend ablehne. Dann deutet er stumm mit dem Kopf auf eine Treppe, die nach oben führt. Wir steigen gemeinsam auf den Dachboden.

Mike hat einen Hochsitz in eines der Fenster gebaut. Von hier aus kann er eine Fläche von mehreren Quadratkilometern überblicken. Direkt vor der Haustür erstreckt sich ein Deich, der nicht vor Sturmfluten, sondern vor Lärm schützen soll. Das tut er – wie man in diesem Moment gut hören kann – nur sehr bedingt. Dass in seinem Mini-Friesland den ganzen Tag Flugzeuge starten und landen, stört Mike jedoch nicht. Im Gegenteil: Hier sitzt er direkt an der Quelle, worum ihn seine Planespotter-Kollegen gewiss beneiden.

Ich nicht. Ich möchte mein Interview so schnell wie möglich hinter mich bringen. Also kehren wir ins Wohnzimmer zurück, wo ich mich auf einen zerknitterten braunen Kunstledersack fallen lasse, der mich sofort zu verschlucken droht.

«Was ich noch bräuchte, wären ein paar Internet-Links zum Thema. In welchen Foren tauscht ihr euch aus?»

Mike Brodersen zieht wortlos die roten Vorhänge zu. Draußen bricht gerade die Sonne durch die Wolken, ihr Licht durchdringt die Gardine und verstärkt auf unheilvolle Weise die psychedelische Wirkung des orangefarbenen Interieurs. Der ganze Raum gleicht plötzlich einer Drogenphantasie aus einem schlechten Super-8-Film der Siebzigerjahre. Zu allem Überfluss dreht Mike nun auch noch das Radio auf. Gunter Gabriel dröhnt aus den Boxen: «Hey Boss, ich brauch mehr Geld.»

Eine böse Ahnung steigt in mir auf: Mike Brodersen ist ein Sadist und dieser Termin bloß ein billiger Vorwand, um mich in seine Wohnung zu locken und dort zu quälen. Ich winde mich unbehaglich in meinem Sitzsack. Mein Po steckt im Zangengriff jahrzehntealter Styroporkügelchen. Worauf habe ich mich bloß eingelassen?

Mike rückt ganz nah an mich heran und raunt mit verstellter Stimme: «Die sind überall!»

Ich kann seine Limofahne riechen, er ist vollkommen nüchtern.

«Wer?» Meine Stimme klingt belegt.

«Du weißt doch, wie das läuft», flüstert er und zieht ein schwarzes Tuch hervor.

«Äh. Moment mal!» Mir wird immer mulmiger. Heinz wartet mit Kaya am Flughafen, er muss bald zum Arzt, und ich stecke hier fest im Sitzsack eines Psychopathen. Für so etwas habe ich keine Zeit!

Mezzo-Mike ist das egal: «Ich verbinde dir die Augen, und wir fahren an einen geheimen Ort. Da bekommst du alles zu sehen. Es ist der Hammer, versprochen!»

«Ich glaube, das ist nichts für den ‹Fuhlsbüttler›», presse

ich hervor und rapple mich auf. Bloß raus hier! «Damit gehst du besser zum ‹Spiegel›.»

«Bist du nun Journalist oder nicht? Einem Klempner ist es doch auch egal, ob er die Klos im Bundestag repariert oder bei Opa Petersen um die Ecke.»

Auch wieder wahr. Ich sollte mich zusammenreißen. Was kann ich groß verlieren? Wenn es schlecht läuft, mache ich mich lächerlich, aber es bekommt keiner mit. Und wenn es gut läuft – wer weiß? Immerhin bin ich Familienvater und brauche Geld. Da muss ich jede Chance nutzen. «Also gut!»

Als Erstes muss ich mein Handy ausstellen: «Damit können die dich orten, auch wenn du nicht telefonierst.»

Auch das noch! In der nächsten Stunde darf weder Kaya noch Heinz etwas passieren, weil ich nicht erreichbar bin.

Mike führt mich zu seinem kleinen Fiat-Lieferwagen. Ich soll in den fensterlosen Ladebereich kriechen, in dem nichts als eine Matratze liegt. Dann rast er los wie ein Berserker. Ich werde hin und her geschleudert, weil man sich nirgends festhalten kann. So gut es geht, kralle ich mich in meine Matratze. Wie war das mit effektiven, konzentrierten Interviews, Torben Heydorn?

Die Chance, dass sich meine Aktion hier lohnt, liegt mittlerweile bei 5%, optimistisch gerechnet. Andererseits gelten beim Lotto ganz andere Wahrscheinlichkeiten, und da mache ich trotzdem häufiger mal mein Kreuzchen. Mike mag ein Spinner sein, aber er ist kein Vollspinner – für diesen feinen Unterschied habe ich ein gutes Gespür.

Die Fahrt dauert ungefähr eine halbe Stunde und endet in einer Garage. Mike reißt die Tür zum Laderaum auf und fuchtelt mir mit einer Taschenlampe vor der Nase herum: «Alles klar bei dir?»

«So weit ja», antworte ich kühl.

Er legt die Funzel beiseite und bindet mir kurzerhand eine Augenbinde um («Muss sein!»). Dann führt er mich mit verbundenen Augen eine Treppe hinunter. Ein beißender Geruch steigt mir in die Nase. Ist das nicht dasselbe Kiefernspray, das auch Mike Brodersen benutzt?

«Da wären wir.»

Mike nimmt mir die Augenbinde ab. Wir stehen inmitten eines Hobbykellers mit Themenschwerpunkt «Holzarbeiten». Überall liegen Feilen, Hobel und Leimdosen herum. Mehr kann ich nicht erkennen; das einzige Fenster ist mit einem schwarzen Tuch verhüllt. Dann ein bläulicher Schimmer – er erhellt die Ecke links neben der Tür. Mike macht sich an einem kompakten kleinen Fernseher mit angeschlossenem DVD-Player zu schaffen. Über den Bildschirm flackern Einzelbildsequenzen von einem kleinen Jet im Landeanflug auf Hamburg-Fuhlsbüttel.

«Schau dir den mal genau an!»

Mir fällt nichts auf.

Mike stöhnt ungeduldig auf: «Die Registrierung!»

«Kann ich nicht erkennen.»

Mike Brodersen lächelt triumphierend: «Geee-nau! Der Vogel hat nämlich keine!»

Dann zeigt er mir das ganze Video: Derselbe Jet rollt aus und parkt abseits von den anderen Flugzeugen. Vier schemenhafte Gestalten verlassen das Flugzeug, sie sind nur als grobe Pixelpunkte zu erahnen. Schnitt. Das Flugzeug startet wieder, laut Video-Insert um 00:30 Uhr. Um diese Zeit gilt das Nachtflugverbot. Das weiß sogar ich.

«Wieso darf der das?», wundere ich mich.

«Das habe ich mich auch gefragt, aber keiner will was von dem Vogel wissen. Ist doch komisch, oder?» Er legt einen Packen Zeitungsausschnitte auf die Werkbank. «In derselben

Zeit sind zehn Europäer von der CIA verschleppt worden. Ich sag bloß: Afghanistan. – Und jetzt kommst du!»

«Moo...ment, das geht mir etwas zu schnell ...»

Doch Mike lässt keine Zweifel gelten: «Geh der Spur dieser Maschine nach, und du wirst in Langley landen!»

In diesem Moment rutscht das Tuch vom Fenster, es war nur mit Kreppband befestigt. Draußen erstreckt sich jener grüne Lärmschutzdeich, den ich vor einer halben Stunde noch von Mike Brodersens Wohnung aus betrachtet habe. Und genau hier befinden wir uns auch: in Mike Brodersens Haus – beziehungsweise in dessen Keller. Dieser Idiot ist einmal mit mir im Kreis gefahren, um mich zu verwirren, und dann wieder in sein Haus zurückgekehrt. Darauf muss man erst mal kommen!

«Ich glaube, ich finde selbst raus», sage ich säuerlich und lasse Mezzo-Mike mit seinen Verschwörungstheorien allein. Augenbinde und fingierte Rückfahrt können wir uns nun wohl sparen.

«Okidoki.» Mike rülpst leise.

Besonders ernst kann ich das Ganze nicht nehmen. Andererseits weiß man nie: Sollte an dieser Geschichte doch etwas dran sein, könnte das mein Durchbruch werden! Etwas Recherche kann nicht schaden, und vielleicht unterstützt mich mein Chef Schwella sogar dabei. Er besitzt auf jeden Fall eine größenwahnsinnige Ader, die ich nutzen könnte ...

Ich schalte mein Handy wieder ein: sechs Nachrichten. Sechsmal fragt Heinz besorgt, wo ich bleibe, er müsse los und könne Kaya nicht mitnehmen. Ich hatte den Abholtermin eine Stunde später in Erinnerung! Mein Herz schaltet sofort in eine höhere Frequenz: Wo steckt Kaya?

Bei Heinz geht nur die Mailbox ran. Ich renne zum Terminal, so schnell ich kann, versuche in der Drehtür zur Halle ein paar Urlauber mit großen Rollkoffern zu überholen – vergeblich: Die Tür blockiert sofort. Verdammt! Ich haste quer durch das Terminal, durchbreche dabei mehrere Schlangen und handle mir dabei böse Blicke und einen Tritt gegens Schienbein ein. Heute beginnen die Kurzferien, ganz Hamburg will weg.

Am Sperrgutschalter setzt mein Herz aus: Kaya ist nicht da. Verdammt!

«Wo ist meine Tochter?», fahre ich den kleinwüchsigen Sicherheitsmann an. Er deutet auf das Schild neben sich: «Hier bist du falsch, Meister, das ist der Schalter für Sperrgut.»

«SIE MUSS HIER SEIN!», schreie ich. Alle fiesen Thriller, die ich gesehen habe, rasen in diesem schlimmen, endlosen Augenblick durch meinen Kopf. Plötzlich ist nichts mehr, wie es war. Wo ist der BGS? CIA? Polizei? Meine Frau? Was zuerst?

«Sie sind nicht zufällig Herr Heydorn?», fragt der Sicherheitsmann.

«Doch, aber ...»

Er zeigt nach oben zur Hallendecke, jetzt höre auch ich es aus allen Lautsprechern: «... ich wiederhole: Herr Torben Heydorn wird dringend zum Informationsschalter gebeten.»

Ich sprinte los. Die junge Frau am Informationsschalter zeigt sich empört: «Ihre Tochter ist seit einer Stunde weg – ist Ihnen das gar nicht aufgefallen?»

Mir wird schlecht, mein Kreislauf sackt zusammen, gleich kippe ich um: «Was ist mit ihr?»

Minuten später kommt eine hübsche, dunkelhaarige Stewardess der «Iranair» auf gelackten Pumps mit Kaya an der Hand zum Schalter. Ich schließe Kaya in meine Arme, die meine Aufregung gar nicht versteht.

«Ich war bei Emina. Die ist nett.» Sie hält einen Teddy

hoch, den sie von Emina geschenkt bekommen hat, er ist von der iranischen Airline und trägt einen Schleier. Kaya kräht: «Ich will auch so ein Tuch!»

«You have a nice little daughter», lächelt die Stewardess.

«Thank you so much.» Ich umarme sie spontan und singe innerlich ein kurzes Loblied auf den Iran. Eins schwöre ich: Den Rest der Woche werde ich ganz für Kaya da sein, auch am Nachmittag. Kein Flughafen, keine CIA, keine Kompromisse!

Und am Samstag, am Samstag ist Jette wieder da.

4 | Schweden

Jette fühlt sich ein bisschen fremd an, als ich sie am Hauptbahnhof endlich in die Arme nehme. Ich hatte eine übermüdete Frau mit Ringen unter den Augen und trockener, rissiger Haut erwartet. Doch Jette sieht ausgeschlafen, frisch und gesund aus.

Kaya begrüßt ihre Mutter mit den Worten: «Hallo Mama, ich will Joghurt!»

Nach drei Tagen Abwesenheit wäre das für Erwachsene ein plausibler Trennungsgrund. Sätze wie «Hallo Mama, schön dass du da bist» kommen von Kaya manchmal, aber nicht verlässlich. Trotzdem liebt sie ihre Mutter, was schwer zu kapieren ist für Außenstehende – ich kapiere es auch nicht.

Jette zieht Kaya an sich und drückt ihr einen Kuss auf die Wange. Kaya lässt sie gewähren, ohne darüber den Joghurt zu vergessen, der hier partout nicht aufzutreiben ist. Dann fahren wir mit unserem weißen Nissan-Kombi nach Hause, wo ich ein prächtiges Frühstück für uns vorbereitet habe. Die Sonne scheint, ich schlage vor, später das Alstertal hinunterzupaddeln. Nachbar Dustin will uns hierfür sein Kanu leihen, das im Bootshaus auf uns wartet.

Im Nu stehen Blumen auf unserem Balkontisch, dazu frischgepresster Orangensaft, Eier, Croissants und Jettes bittere Orangenmarmelade, die außer ihr keiner mag. Fehlt nur noch Kayas Joghurt.

«Nicht Vanille, Blaubeere!»

Ich schaue in den Kühlschrank: «Blaubeere haben wir nicht mehr, aber Pfirsich-Maracuja.»

«Blaubeere.»

«Haben wir nicht!»

«Blaubeere-Blaubeere-Blaubeere!»

«Weißt du, was wir nachher machen?», raune ich. Mit Ablenkungsmanövern kenne ich mich aus. Das beherrsche ich wie kein Zweiter. Da bin ich –

«BLAUBEEREEEE!»

Nun gut …

«Ich kaufe dir nachher ein Eis», verspricht Jette. Geschickt gemacht, da hätte ich auch drauf kommen können!

«Jetzt!»

Strategiewechsel: «Erst frühstücken», brumme ich drohend.

«JETZT!»

Um uns zu bestrafen, verweigert Kaya die Nahrungsaufnahme. Sie will aber auch nicht ins Kinderzimmer zum Spielen. Lieber will sie uns jede Minute zweimal fragen, wann wir endlich losgehen zum Eisladen. Als ihr klar wird, dass sie damit auf taube Ohren stößt, verbeißt sie sich in ein neues Thema: «Was ist mit dem Bett?»

«Bekommst du», beruhige ich sie. «Das haben wir dir doch versprochen.»

Das ist ihr zu vage: «Keiner im Kindergarten schläft noch im Babybett», beschwert sie sich, «nur ich!»

«Du kriegst dein Bett», bestätigt Jette. Wie wunderbar, mal wieder Unterstützung bei der Erziehung zu bekommen!

«Jetzt!»

An diesem Punkt waren wir heute schon einmal. Ich öffne den Mund, um meine rhetorische Überlegenheit gegen Kayas Kinderlogik auszuspielen. Doch Jette kommt mir zuvor.

«Ja, mein Schatz. Wir fahren gleich zu IKEA und besorgen es.» Sie lächelt feierlich.

Wie bitte? Ich ziehe sofort die Notbremse: «Das muss echt nicht sein, samstags ist bei IKEA die Hölle los!»

«Ich will aber!», bekräftigt Kaya.

Jette lächelt milde. Nach dieser Woche ohne Tochter würde sie mit Kaya auch ein Kloakenmuseum mit Originalgerüchen besuchen, wenn die es wollte. Und natürlich komme ich mit, obwohl ich schon vorher weiß, dass es ein Fehler ist.

Normalerweise parke ich überall, wo Platz ist, auch im absoluten Halteverbot. Nur Behindertenparkplätze sind tabu. Außer bei IKEA, weil die hier gefühlte 50% der Gesamtfläche ausmachen. Die andere Hälfte ist heute (am Samstagvormittag!) komplett zugeparkt. Nicht die kleinste Lücke. Bis auf besagte Behindertenparkplätze, die nicht mal zu 10% belegt sind (und zwar ganz offensichtlich von Nichtbehinderten). Dennoch knicke ich vor meinem schlechten Gewissen und Jettes Protest ein und stelle unseren Wagen in der hinterletzten Ecke ab. Auf dem langen Weg zum Gebäude beneide ich alle Arschlöcher, die keine Skrupel haben.

Kaya will, dass wir sie ins *Småland* bringen, das ist die IKEA-Kinderaufbewahrung mit unzähligen Spielgeräten. Um ins *Småland* zu gelangen, sind mehr Formalitäten zu klären als bei der Einreise nach Nordkorea. Erst als mein Personalausweis, unser beider Unterschriften, Handy- und Festnetznummern hinterlegt sind, bekommen wir einen Beeper, mit dem wir im Notfall angefunkt werden können. Nun darf Kaya auf die Hüpfburg zu den anderen Kindern.

Jette und ich trollen uns in Richtung Möbelausstellung. Wir wollen die Sache schnell abhaken: Bett kaufen und weg! Aber trotz ihrer zurückliegenden 60-Stunden-Woche will Jette sich noch hier und da ein wenig umsehen – was so nicht abgesprochen war! Dass unsere Wohnung vollständig eingerichtet ist, tut nichts zur Sache, Jette ist auch nicht unzufrieden mit irgendetwas. Sie will einfach nur schauen. Und je länger sie schaut, desto entspannter wirkt sie – ganz im Gegensatz zu mir.

Bei IKEA tragen alle vertrauten Alltagsgegenstände andere Namen. IKEA ist eine eigene Sprache, kulturgeschichtlich in den frühen Siebzigerjahren des letzten Jahrhunderts entstanden und irgendwo anzusiedeln zwischen Schwedisch, Deutsch und Marketing: «Ich schalte *Minnen* aus, schiebe *Anno Amorf* zurück, freue mich, dass mehr Licht auf meinen schönen *Kastanj* fällt und hole mir *Falang* aus dem *Diktad*, um etwas zu trinken.» Das heißt so viel wie: «Ich schalte die Leseleuchte aus, schiebe die Schiebegardinen zur Seite, freue mich, dass mehr Licht auf meine schöne Tagesdecke fällt, und hole mir ein Glas aus dem Schrank, um etwas zu trinken.»

Falang ist keine arabische Freiheitsbewegung, sondern ein Glas, *Minnen* hat nichts mit Liebe zu tun, wie man annehmen könnte, und mit *Diktad* hat man den wohl abwegigsten Namen für einen Kleiderschrank gefunden. Mal ganz im Ernst: Was ist, wenn die uns einfach nur verarschen wollen? Und sich einen Riesenspaß mit uns machen? Vielleicht heißt *Billy* auf schwedisch Blödmann und *Ivar* Holzwurm. Wer kann schon Schwedisch?

Ich vermute, dass IKEA gezielt Untergrund-Dadaisten auswählt und fördert – Leute also, die sonst nie eine Chance zur Veröffentlichung ihrer Texte bekämen. Ich meine, es liegt doch auf der Hand: *Relevant* ist der Kerzenständer, man stellt den *Traktor* auf die *Tundra* (= Hocker auf Laminatboden). Wer könnte sich dergleichen ausdenken?

In ein paar Jahren werden Kaya und ich auf langen Autofahrten zusammen durchspielen, wie es wäre, wenn wir als deutsches Unternehmen Möbel in Länder exportierten, in denen keiner Deutsch versteht. Unsere Aufgabe wäre es, die abwegigsten Namen zu finden. *Ekel*, der Schuhschrank, *Abneigung* für das Küchenregal, davor baumelt die Hängelampe *Streit*, auf dem Tisch *Durchfall* liegt *Eifersucht*, das große Fleischmesser, und zum Schlafen betten wir uns in *Brennnessel*, die Bettwäsche.

Das klingt übertrieben? *Duell* (Karaffe), *Moment* (Esstisch) und *Broder* (Aufbewahrungssystem) sind längst Wirklichkeit! Doch kaum hat man sich auf IKEA-Gaga eingelassen, wird man wieder komplett überrascht von Produkten, die ihre Zielgruppen unverfroren direkt ansteuern: die Regalgruppe *Journalist* etwa oder *Docent*-Schreibtischmöbel.

IKEA hält bereits ein Gutteil unserer Lebensbereiche besetzt (Essen, Arbeiten, Sex, Körperpflege usw.). Natürlich hat das Leben eine Menge Facetten, die noch nicht von den Schweden vereinnahmt sind. Doch es ist nur eine Frage der Zeit, wann man bei IKEA kostengünstig heiraten kann, vor dem Altar *Demut* und unterm Kreuz *Latte*. Unsere Kinder werden dann im *Amme*-Bett geboren – und seine letzte Ruhe findet man im Sarg *Turist*, den die Angehörigen mit Hilfe des mitgelieferten Inbusschlüssels selber zudrehen können, um Geld zu sparen.

Man mag diese Visionen heute noch belächeln. Aber in ein paar Jahren sind *Demut*, *Latte* und *Turist* längst Alltag. Da bin ich mir vollkommen sicher. Planespotter Mike Brodersen würde daraus eine I-a-Verschwörungstheorie basteln: Wir erleben die lautlose Okkupation Europas durch die Schweden, vorbereitet in früher Kindheit durch Agentin Pippi Langstrumpf, im Erwachsenenalter gefestigt durch ein Nebenprodukt der Rüstungsindustrie (den Volvo-Kombi). Den Rest erledigt – genau: IKEA.

Ein Hirngespinst? Und was hatte die C-130-Hercules der Swedish Airforce, die Mike auf dem Hamburger Flughafen registriert hat, geladen? Schweden ist kein NATO-Land, was also war ihre Mission?

Ich setze mich auf *Klippan*, eine Couch, deren Rückenlehne viel zu niedrig ist für Menschen meiner Länge. Meine Wirbelsäule knickt folgerichtig an meiner empfindlichsten Stelle ab. Vermutlich gehört das zum Konzept von *Klippan*: Man soll seinen Rücken durch Nicht-Anlehnen trainieren. Vielleicht wird der Kauf von *Klippan* sogar von meiner Krankenkasse bezuschusst (– ich sollte die Mitgliederzeitschrift tatsächlich mal lesen).

Während ich in äußerst angestrengter Haltung ausharre, begutachtet Jette die ausgestellten Jugendzimmer. Dass Kaya erst drei ist, spielt für sie keine Rolle. Jette will auf dem Laufenden sein. Indessen schlendern Tausende von Familien an meinem gefährlich deformierten *Klippan*-Körper vorbei – und bringen mich auf folgenden Gedanken: Alle IKEA-Filialen sollten mit einer verbindlichen Warnung der EU-Gesundheitsminister versehen werden: *Singles geraten angesichts der erdrückenden Mehrheit von Familien und Schwangeren bei IKEA schneller als anderswo in ernste Suizidgefahr – nirgendwo könnten sie sich einsamer fühlen!*

Andererseits ist IKEA auch für Familien eine ernste Probe: In nur zehn Minuten zähle ich fünfundzwanzig hemmungslos streitende Paare, mit und ohne Kinder. Das Unglück beginnt meist mit relativ harmlosen Geschmacksfragen («Waaas? Diese bescheuerte Couch findest du gut? – Das ist nicht dein Ernst!»). Natürlich wird das jeweils geschmähte Möbel nicht gekauft. Trotzdem: Die Laune ist im Keller und der Boden bereitet für den eigentlichen Streit. Nun werden – gerne vor dichtgedrängtem Publikum – persönliche Rechnungen gestellt, Bilanzen der vergangenen Monate, womöglich sogar Jahre gezogen. Bei IKEA muss man sich nicht schämen und leise reden. Weil die anderen sich auch streiten.

Eine Stunde später halten wir unseren Gutschein für das Kinderbett in den Händen. Wir müssen nur noch an der Kasse bezahlen und *Kura* im Lager abholen. Alles könnte sich entspannen, wenn Jette sich nicht weiter umschauen und mich nebenbei kritisieren müsste.

«Du bringst Kaya viel zu oft zum Flughafen.»

«Was soll ich machen? Jedes Mal, wenn ich den Gruppenraum verlasse, rastet Kaya vollkommen aus. Und irgendwann muss ich einfach arbeiten!»

«Komisch, hier im *Småland* klappt es bestens!»

Was ich auch nicht verstehe. Vielleicht sollte ich Kaya jeden Morgen zu IKEA bringen. Ich wechsle lieber das Thema, nur leider tun sich sofort neue Minenfelder auf. Während wir *Pöang* (Sessel) passieren, kann Jette einfach nicht nachvollziehen, was ich an dem Flugzeug ohne Registrierung finde. Und ich wiederum bringe auf der Höhe von *Billy* nicht genügend Verständnis für die Netzwerkprobleme ihrer neuen Computeranlage auf.

Zum Glück können gereizte Eltern bei IKEA auf Gnade hoffen. Auch wir werden von unserem *Småland*-Beeper erlöst, zusätzlich bellt der Lautsprecher: «Die Eltern der kleinen Kaya möchten bitte ins *Småland* kommen.»

Wir zucken zusammen und eilen los.

«Übrigens ist Ringstæd länger krank», keucht Jette im leichten Trab.

«Was heißt das?»

«Ich muss morgen Abend wieder nach Berlin.»

«Für wie lange?»

«Eine Woche. Mindestens.»

Ich bleibe vor Wut stehen: «Das finde ich komplett daneben, mir das so nebenbei reinzureichen.»

Jette ist einfach weitergerannt, ich also hinterher.

«Für so etwas gibt es immer nur den falschen Zeitpunkt», sagt sie.

«Es geht auch anders», behaupte ich, obwohl sie recht hat. Was es nicht besser macht. Fest steht: Ich werde nächste Woche kaum weiterrecherchieren können, ob an der CIA-Geschichte etwas dran ist.

Kaya steht heulend mit einer IKEA-Mitarbeiterin vor dem Eingangstresen des *Småland*. Kaum sind ihre Tränen getrocknet, setzt Jette noch einen drauf. Sie will noch kurz in die Markthalle huschen, um Kerzen zu kaufen: «Wenn wir schon mal hier sind ...»

«Es ist Sommer!»

«Die Kerzen brauche ich für Berlin, die bekomme ich nirgends so billig wie hier!»

Wir wissen beide: Die billigen Kerzen sind nur zum Anfixen gedacht, heraus kommt Jette jedes Mal mit Pflanzen, Lampen und Bürokartons, die weder sie noch ich, noch *wir* brauchen.

«Jette, bitte!»

«Weißt du, wie kalt und nüchtern mein Appartement ist?»

«Ich denke, es liegt direkt an der Spree!»

«Die sehe ich im Dunkeln nicht.»

«Aber mit Kerzen schon!?»

Jette lässt die Markthalle nur aus diplomatischen Gründen sausen. Was ich ihr hoch anrechne, Männer wie ich hätten das durchgezogen, schon aus Prinzip. Draußen scheint die Sonne, ich möchte endlich auf die Alster, das Kanu von Dustin haben wir schließlich nicht jeden Tag. Kaya ist das egal: «Ich will heute Nacht im neuen Bett schlafen!»

Zwei Erwachsene gegen ein Kind.

Jette weiß selber, dass Nachgeben in diesem Fall ein schwerer pädagogischer Fehler wäre, aber – nun ja.

Ergebnis: Wir bauen das Bett auf.

Der Rest läuft so wie immer: Der mitgelieferte Plan ist an einigen Stellen vieldeutig. Für jeden Fehler mache ich IKEA verantwortlich, bis ich bemerke, dass die fehlenden Schrauben von Kaya verschleppt und unauffindbar in der Wohnung verbummelt worden sind. Die unverbauten Pressspanteile liegen überall im Weg herum und machen das Kinderzimmer unbewohnbar. Mir ist das inzwischen egal. Ich fühle mich wie der Verdurstende in der Wüste, der von den anderen Expeditionsteilnehmern alleine zurückgelassen werden will. Ich möchte einfach nur in Frieden sterben! Doch solche Lösungen funktionieren nur in der Wüste, in der Zivilisation fahre ich zurück zu IKEA, um die Ersatzschrauben zu holen. Nach einer weiteren Stunde steht das Bett.

Zwei Stunden später liegt Kaya drin und schläft selig. Bleiben noch elf Stunden, bis Jette wieder abreist. In einer Fernbeziehung ohne Kind wäre jetzt Zeit, wieder runterzukommen. Da Kaya aber um sieben aufstehen wird, reduzieren sich diese elf auf 0,3 Stunden, das sind plusminus zwanzig Minuten. Also liegen Jette und ich eng aneinandergelöffelt im Bett und werten das aus Zeitmangel als Versöhnung.

Jette berichtet flüsternd, nun sei sicher, dass ihr Chef operiert werden müsse, weswegen sich ihr Job in Berlin auf mindestens vier Wochen ausdehne. Angesichts unseres Kontostands kann ich kaum etwas dagegen haben. Leider!

Gleich am Montag werde ich zu meinem Chef Norbert Schwella gehen und ihm die Geschichte vom CIA-Flugzeug vorstellen. Wenn es klappt, kann Jette mit dem nächsten Zug zurück nach Hamburg kommen – dann verdiene ich genug für uns alle!

Jette erwähnt vorm Einschlafen noch, dass sie schwedische Urgroßeltern hat. Nur damit das klar ist: Ich bin froh, dass es Schweden gibt, ohne dieses Land gäbe es nichts von dem, was mir wichtig ist im Leben!

5 | Engtanz

War es nicht so, dass Boris Beckers Steuerschuld während einer Fahrt im ICE aufflog, als einer seiner Fans stolz einen Leitz-Ordner mit Zeitungsausschnitten herumreichte? Einer der Mitreisenden wunderte sich, dass die meisten Fotos den Boris in München zeigten, denn offiziell residierte er in Monaco und musste deswegen in Deutschland keine Steuern zahlen. Der Mitreisende ging der Sache nach, denn er arbeitete beim Finanzamt und hielt viel auf Gerechtigkeit. Seitdem ist Bobbele vorbestraft. Das macht investigativen Journalisten wie mir Mut. Bleiben nur drei Fragen: Wird mein Chef Norbert Schwella mich auf die CIA-Geschichte ansetzen, so abwegig, wie sie erscheint? Schielt er, wie ich, auf viel Geld in Verbindung mit viel Ehre? Tun wir das nicht alle?

Mein Leben könnte sich an diesem Morgen tiefgreifend ändern – und ich bin bereit! Ich parke Kaya bei Heinz im Terminal 2 und fahre direkt in die Redaktion des «Fuhlsbüttler Anzeiger». Mein Chef residiert im Souterrain eines Fünfzigerjahre-Einfamilienhauses. Dort, genauer: in seinem ehemaligen Jugendzimmer, ist das winzige «Redaktionsbüro» untergebracht. Mehr Platz braucht er nicht, denn außer ihm selbst schreiben ausschließlich freie Mitarbeiter für den «Fuhlsbüttler». Und die arbeiten außerhalb.

Norbert Schwella ist um die fünfzig, unglaublich dick und Zigarillo-Raucher. Für den «Fuhlsbüttler Anzeiger» presst er aus seinem Stadtteil heraus, was nur herauszupressen geht. Dabei agiert er so großkotzig wie ein Medientycoon mit internationalen Verbindungen. Seine Verblendung könnte meine Chance sein! Bevor er zum Lokaljournalismus wechselte, hat Schwella zweimal eine Lehre abgebrochen, dreimal seinen Führerschein verloren und den Getränkehandel seiner Eltern in die Pleite geführt. Er steht also ganz klar unter Erfolgsdruck. Meine CIA-Geschichte ist die größte Chance seines bisherigen Lebens! Erst mal auf dem Teppich bleiben, könnte man einwenden – aber wann träumte die Menschheit schon von Auslegware und nicht vom Fliegen?!

Das alles schießt mir mehr oder weniger ungeordnet durch den Kopf, als ich mich auf den schmalen Besucherstuhl vor Schwellas überdimensionalem alten Schreibtisch quetsche. Zwei riesige Flachbildschirme versperren mir die Sicht. Hören kann ich allerdings, wie sich Schwella am Rauch seines Zigarillos verschluckt, als ich das nicht registrierte «CIA»-Flugzeug erwähne (meine «Entführung» verschweige ich selbstverständlich).

«CIA-Flugzeug?», röchelt er.

«Das müsste man prüfen.»

Schwella hat sich wieder gefangen. Er holt tief Luft: «An der Geschichte käme keine Regierung vorbei.»

Das klingt vielversprechend.

«Und kein Nachrichtensender», bekräftige ich. «So etwas fällt einem nur einmal im Leben vor die Füße.»

Schwella überlegt: «Man müsste das in Washington gegenchecken. Kennst du da jemanden?»

«Das lässt sich machen.»

Ich kann hören, wie sich Chef und Chefsessel knarzend

zum Fenster drehen. Wahrscheinlich starrt er nachdenklich in den schattigen, dunklen Garten. Plötzlich brüllt er los wie ein angeschossenes Tier: «Wenn dir der ‹Fuhlsbüttler› zu popelig ist, hörst du bei uns auf, klar?!»

Bye-bye Washington.

«Heydorn, wach auf, du bist nicht James Bond! Das hier ist Hamburg-Fuhlsbüttel.»

«Und wenn was dran ist ...?»

«... werden das andere machen und damit berühmt werden. Aber *du* nicht!»

Ich blinzele so gefasst wie möglich zwischen den Flachbildschirmen hindurch und starte einen letzten Versuch: «Es war auch nicht für den ‹Fuhlsbüttler› gedacht. Ich dachte, wir können das zusammen durchziehen und uns den Gewinn teilen.»

Dieses Argument findet Schwella augenscheinlich wenig überzeugend: «Du willst *meine* Kohle für so einen Scheiß? Flugtickets nach Washington, wo du keinen kennst?»

«Manchmal muss man was riskieren.»

«Aber nicht mit *meinem* Geld!»

Ich muss ihm dringend eine stadtteilbezogene Alternative anbieten, sonst schmeißt er mich auf der Stelle raus. Zum Glück fällt mir die qualmende Oma über dem tibetischen Bergsee aus Iris Harms' Fotoladen ein: «Zweiter Vorschlag: Es gibt im Alstertal eine Alten-WG, die leben ohne Betreuung zusammen.»

Schwella saugt an seinem Zigarillo: «So will ich dich hören. Da fährst du gleich mal hin und tust Buße für diesen größenwahnsinnigen Quatsch!»

Ich angele nach dem Telefonhörer und ziehe den Zettel mit der Nummer aus meinem Portemonnaie. Eine Zahl muss ich raten, weil Kaya mit Eis darübergekleckert hat. Zum Glück rate ich richtig – eine brüchige, hohe Greisenstimme meldet sich.

«Hallo?»

Schwella drückt auf «Mithören», was eine Frechheit ist!

«Torben Heydorn vom ‹Fuhlsbüttler Anzeiger›. Ich habe so viel Gutes über Ihre Wohngemeinschaft gehört, dass ich gerne darüber schreiben würde.»

«Hallo?»

«Unsere Leser interessieren sich sehr für Ihre Senioren-WG.»

«Hallo?»

«Haben Sie mich verstanden?»

«Sie haben sich ja klar und deutlich ausgedrückt, halten Sie mich etwa für senil, junger Mann?!»

Schwella grinst.

Ich lasse mich nicht beirren: «Gut, wann passt es Ihnen?»

«Hallo?»

«Besser vormittags oder nachmittags?»

«Hallo?»

«Vormittags oder nachmittags?»

«Gleich.»

«Ich rufe gleich nochmal an.»

Als ich den Telefonhörer auflege, grinst Schwella immer noch: «Na, Heydorn? Wieder auf dem Boden angekommen?»

«Mit solchen Verrückten bringt das nichts!»

Schwella packt eine Fliegenklatsche und drischt rhythmisch auf die Schreibtischplatte ein: «Das ist die gerechte Strafe!»

So ja nun gar nicht!

«Mein lieber Norbert, ich habe eine gute Schreibe, dafür muss ich mich nicht auch noch demütigen lassen!»

«Mein lieber Torben, eine *gute* Schreibe ist bei mir gar

nicht gefragt, *mittelmäßig* wäre viel besser. Gute Schreibe heißt nämlich: Du bist bald wieder weg.»

Worauf du dich verlassen kannst!

Ich bin immer noch wütend, als ich meinen Uralt-Nissan vor dem dreistöckigen Neubau mit der Hausnummer 23 abstelle. Dass ich hier bin, ist eine Demütigung! Ich sollte umkehren und kündigen. Nein, ich sollte umkehren, kündigen und Schwella eins mit der Fliegenklatsche überziehen!

Stattdessen klingele ich.

Der Mann, der mir nach gefühlten vierzig Minuten die Tür öffnet, trägt einen langen weißen Pferdeschwanz und eine Jeansjacke mit Che-Guevara-Sticker am Kragen. Er mustert mich misstrauisch durch buschige schwarze Augenbrauen.

«Die Journaille, nehme ich an?», greint er in zitterndem Hochtenor. «Ich bin der Johnny.»

«Torben Heydorn. Wir haben telefoniert.»

«Ja, hehehe.»

Wieso lacht der so irre? Egal. Er bittet mich herein und lotst mich ins Wohnzimmer, das überraschend modern eingerichtet ist: IKEA, gemixt mit ausgesuchten Antiquitäten. Kaum dass Johnny in der Küche verschwunden ist, schwebt eine dürre Frau mit schlohweißem Haar und einer wunderbaren Hakennase geradewegs auf mich zu. Sie ist bekleidet – oder eher kaum bekleidet – mit einem dünnen Nachthemd.

«Bonjour Erich, der nächste Tanz gehört mir!»

Ich erkenne sie erst auf den zweiten Blick. Es ist die fliegende Oma über dem tibetischen Bergsee aus Iris Harms' Schaufenster.

«Mein Name ist Torben Heydorn, ich bin vom ‹Fuhlsbüttler Anzeiger›.»

Sie lacht: «Rund bist du geworden, Erich, vor allem um die Hüften.»

«Na na.» Ich schreie unwillkürlich auf, als sie mir in die Lenden kneift.

«Gib mir bitte keinen Korb! Es könnte mein letzter Tango sein.»

Soll ich noch einmal wiederholen, dass ich nicht Erich bin?, frage ich mich und hadere einen Moment lang mit meinem Schicksal. Ich könnte jetzt mit dem Pressesprecher der CIA zusammensitzen und ihm Fangfragen stellen, ihn in arge Bedrängnis bringen, seine Antworten von Spezialisten (ehemaligen CIA-Agenten) gegenchecken lassen und schließlich als dreiste Lüge entlarven! Stattdessen stehe ich hier mit einer praktisch nackten Alten und bereite mich auf einen blamablen Tango vor.

Die Frau aktiviert die hochmoderne Hi-Fi-Anlage mit einer Fernbedienung. «Angie» von den Stones dröhnt aus den Boxen. Sie schleudert die Fernbedienung hinter sich, schlingt ihre Arme um meine Schultern und presst ihren dürren Körper an mich. Will die etwa mit mir engtanzen?

Was soll's, Torben Heydorn vom «Fuhlsbüttler Anzeiger» macht alles mit ...

«Du warst schon geschmeidiger», krächzt es in mein Ohr. Ihre Lippen riechen nach Vanille.

«Haben Sie hier auch Betreuung von außen?», frage ich betont sachlich.

«Schatzilein, Betreuung kommt von Treue – und Treue war für dich immer ein Fremdwort, Erich, das wissen wir beide. Aber jetzt bist du hier. Alles andere ist egal.»

«Wie machen Sie das hier mit dem Kochen? Gibt es einen Plan, oder kocht jeder für sich?»

Ich komme mir vor wie der Vater, der sein Kind in der Studenten-WG besucht und den Mitbewohnern eine peinliche Frage nach der anderen stellt. Eben schlurft ein weiterer Greis im Kimono durch den Raum und ruft: «Na, Rosa, wieder einen abgeschleppt, du alte Schlampe?»

«Kümmere dich um deinen eigenen Dreck.»

Ich sage wieder: «Na na.» Hilflos und vergeblich. Die beiden beachten mich überhaupt nicht.

«Deine One-Night-Stands gehen mir auf den Senkel, Rosa. Jeden Tag 'n neuer Kerl am Frühstückstisch. Und einer jünger als der andere, fällt dir das nicht selber auf?»

Rosa ist bestimmt an die achtzig.

Der Mann verschwindet im Treppenhaus, ich tanze mechanisch weiter. Das hier ist reine Zeitverschwendung! Plötzlich steht Johnny in der Tür. Er hält eine Bierflasche in der Hand, aus deren Hals ein feuchter Lappen hängt.

«Dieses Haus ist besetzt!», stellt er klar, «und die Scheißbullen kriegen uns hier nie raus!»

Der Alte leidet offensichtlich unter der Wahnvorstellung, er stecke mitten im Häuserkampf. Wahrscheinlich ein traumatisierter Hafenstraßen- oder Kreuzberg-Veteran.

«Ich schicke Ihnen am besten unseren Betreuer.» Rosa löst sich unvermittelt aus unserer Umklammerung und verschwindet mit Johnny im oberen Stockwerk.

Nun gut. Dann sehe ich mich solange ein bisschen um. Eben tritt eine lärmende Waschmaschine (Schleudergang) in Konkurrenz zu «Angie». Ich folge dem Geräusch in die Küche und bekomme einen Schock: Auf der Maschine stehen drei volle Bierflaschen, aus deren Hälsen jeweils ein Stofflappen hängt. – Eine ganze Batterie von Molotow-Cocktails! Hilfe! Explodieren die gleich?

Ich hechte zur Maschine und nehme die Flaschen behutsam herunter. Mir steht der Schweiß auf der Stirn, sollte ich die Polizei anrufen? Oder die Feuerwehr? Die Lappen in den Flaschen riechen nach Bier, aber das kann Tarnung sein.

«Hallo?», rufe ich gegen den Lärm der Waschmaschine. «Angie» stoppt seltsamerweise zusammen mit dem letzten Waschgang. «Hallo?» Niemand antwortet. Ich höre eine Wanduhr ticken, dann - plötzlich - ein leises Wimmern. Es scheint aus einem der oberen Stockwerke zu kommen. Da ist jemand in Not!

Ich laufe los, nehme zwei Stufen auf einmal: «Hallo, ist da jemand?» Das Wimmern wird lauter, verwandelt sich in ein rasselndes, würgendes Schluchzen. Womöglich ein akuter Asthma-Anfall. Wo bleibt bloß dieser verdammte Betreuer? Wieso kommt der nicht?

Noch ein Stockwerk höher, von hier geht es zum Spitzboden. Rosa? Ich stürze weiter, reiße die Türe auf und stehe in einem Gemeinschaftsraum voller Matratzen, der sich über das ganze Stockwerk erstreckt.

Johnny windet sich vor Lachen auf dem Boden, die Altfreak-Perücke liegt neben ihm, er hat eine Vollglatze. Auf einem Sessel hockt der andere Greis und hält sich den Mund zu. Meine Tanzpartnerin Rosa hat ihr Nachthemd mit Blue Jeans und einer Bluse in Tigerfellmuster vertauscht.

Mein verdattertes Gesicht lässt sie Tränen lachen. Ich möchte eigentlich nicht mitlachen, weil ich beleidigt bin. Aber sie reißen mich einfach mit. Dann reicht mir Johnny ein Foto, auf dem er zwanzig Jahre jünger ist und eine Uniform der Bereitschaftspolizei trägt – von wegen Hausbesetzer!

«Schon mal was von ‹verstecktem Theater› gehört?», fragt er grinsend.

Habe ich nicht, aber offenbar gibt es in der Stadtbücherei haufenweise Bücher darüber, und Rosa hat sie alle gelesen.

Als wir uns alle etwas beruhigt haben, spreche ich sie auf

das Porträt an: «Ich habe Sie bei ‹Fotokunst Harms› im Schaufenster gesehen.»

«Da habe ich gerne mitgemacht», strahlt sie, «Kunst braucht Förderung.»

Ich erfahre, dass Iris Harms ein paar Semester freie Kunst studiert hat, bevor sie das Atelier ihres verstorbenen Vaters übernehmen musste. Angeblich betreibt sie den Fotoladen nur zum Broterwerb und sieht sich nach wie vor als Künstlerin. Dabei hat sie seit über zwei Jahrzehnten nicht mehr ausgestellt – sieht man von ihrem Schaufenster ab.

«Was hat die bloß mit diesen schrecklichen Hunden?»

«Die kommen aus einem rumänischen Tierheim. Ines behauptet, es sei ein Gesamtkunstwerk – so ganz habe ich das nicht verstanden. Ist auf jeden Fall gewagt.»

In bester Laune verlasse ich eine halbe Stunde später die Senioren-WG, auch wenn ich im «Fuhlsbüttler Anzeiger» nichts von dem schreiben kann, was ich hier erlebt habe. Es passt leider nicht ins «Profil».

Und weil ich trotzdem guter Laune bin und noch etwas Zeit habe, bevor ich Kaya am Flughafen abholen muss, mache ich noch Halt im Kleingartenverein «Frische Scholle von 1923 e.V.». Nur so zum Spaß will ich noch einen Versuchsballon in Richtung Langley losschicken. Ich finde, das bin ich mir schuldig. Schließlich bin ich freier Mitarbeiter, und wenn nur irgendetwas an der CIA-Geschichte dran ist, ziehe ich sie auch alleine durch!

Peter Schleuning ist mit dreiundzwanzig der jüngste Vorsitzende eines Kleingartenvereins in Deutschland. Er hat sich eine Vollglatze rasiert und trägt im Garten Armeekleidung, obwohl er nie bei der Bundeswehr war. Zuerst zeigt er mir mit schlammverkrusteten Händen die ersten Erdbeeren dieses Jahres. Dann setzen wir uns auf zwei weiße Plastiksessel und essen jeder eine Riesenschüssel Erdbeeren mit Milch. Sie schmecken wunderbar. So gestärkt komme ich zur Sache: «Erinnerst du dich zufällig an diesen Jet?»

Ich lege ihm das Foto hin, das mir Mike mitgegeben hat. Schleuning schaut nur kurz drauf und nickt: «An dem waren wir dran.»

Angesichts solcher Zeugen muss sich die CIA warm anziehen: Immerhin arbeitet Schleuning hauptberuflich als Lackierer in der Lufthansa-Werft.

«Und wer ist der Besitzer?»

«Ein irischer Geschäftsmann, schwerreich, hat sich per Handschlag bei allen bedankt und für jeden eine Flasche Whiskey dagelassen.»

«Ganz sicher?»

«Hundertprozentig.»

«Und wieso ist der in der Nacht wieder weggeflogen?»

«Der hatte 'ne Ausnahmegenehmigung. Und die kostet 'ne Stange Geld, das kannste mir glauben. Dein Chef hat mich übrigens erst vor 'ner Stunde dasselbe gefragt.»

«Waaas?»

Schleuning nickt.

Also ist Schwella doch darauf angesprungen. Dieser Hund – seine Ablehnungsarie war reine Show!

«Schwella hat mir das mit dem Whiskeyhändler übrigens nicht abgenommen. Der denkt, die CIA steckt dahinter.»

«Echt?»

«Jetzt ist er auf dem Weg nach Washington. Den ‹Fuhlsbüttler› übernimmt in dieser Woche seine Frau.»

Das glaube ich nicht!

«Schwella hat noch von hier aus per Handy gebucht, Hamburg–Washington, über London. Rückflug offen.»

Der Irre.

Abends, als Kaya längst schläft, schreibe ich die Story über die Alten-WG, wie ich sie mit Rosa, Johnny und dem dritten Greis abgesprochen habe: Früher hätten sie sich nicht vorstellen können, so zu leben. Aber inzwischen lieben sie das Modell – jeder hat sein eigenes Zimmer, und doch ist immer jemand da zum Plaudern. Viel schöner, als alleine am Fenster zu sitzen und auf die Straße hinunterzugucken. Und für jeden, der stirbt – auch darüber muss man in ihrem Alter reden –, pflanzen sie einen Baum im Garten.

Das wird eine wunderschöne Reportage, mitten aus dem Herzen von Fuhlsbüttel. Soll Schwella sich doch in Langley auslachen lassen!

6 | Der Platz des Himmlischen Friedens

Ich schreite feierlich und zugleich lässig über den roten Teppich zur Oscar-Verleihung, und das ist kein Traum. Vor mir liegt zwar nicht das Apollo-Theater in Los Angeles, sondern der Kindergarten in Hamburg-Fuhlsbüttel, aber eines habe ich den Oscar-Nominierten voraus: Ich bin ein Gewinner und weiß es. Denn ich habe es von der Jury telefonisch gesteckt bekommen: Sieger in der Kategorie «Gelungenste Eingewöhnung». Heute bin ich den ganzen Vormittag bei Kaya geblieben, habe mit den anderen Wühlmäusen Monster gespielt, an die hundert Bücher vorgelesen und zwanzig Kindern vierzig Gummistiefel verpasst, damit sie hemmungslos in den größten Pfützen herumspringen können. Und das hat allen unglaublich viel Spaß gemacht.

Aber das Mittagessen hat Kaya allein mit den anderen Kindern gegessen – ohne ihren Vater. Mein Konzept ist voll aufgegangen!

Als ich Kaya abhole, bringe ich zur Belohnung eine Tüte ihrer Lieblingssüßigkeiten mit. Mein Siegergefühl macht mich absolut unempfindlich für die Nöte anderer – zum Beispiel jener Mutter, die im Flur auf dem Boden kniet und hastig zusammenrafft, was sich vormals in ihrer Handtasche befand. *Bevor* es ihr rothaariger kleiner Sohn sorgfältig über den Boden verteilt hat: Lippenstift, Notizblock, Tampons, Kondome, Kajalstift, Gummidrops, Arnica-Kügelchen, Stofftaschentücher usw.

Eine entwürdigende Szene: Der Handtaschenterrorist ist etwas jünger als Kaya – vielleicht zweieinhalb –, aber viel dicker als sie. Stolz steht er da und sieht auf seine Mutter hinunter. Während Mama alles wieder einsammelt, fängt der Dicke an, die Schuhregale der «Wühlmäuse» auszuräumen: Schuhe, Stiefel, Puschen klatschen knapp neben seiner armen Mutter auf den Boden. Sie zeigt keine Reaktion. Deswegen fühle ich mich als Wühlmaus-Vater verpflichtet einzugreifen: «Lass das!»

Die Mutter dreht sich empört um, aber nicht zu ihrem Sohn, sondern zu mir.

«Ist das der angemessene Ton für ein nicht mal dreijähriges Kind?», faucht sie mich an.

Ich lächle angemessen böse zurück und frage den Dicken: «Wie willst du wissen, welche Schuhe in welches Regal gehören, wenn du sie gleich wieder einräumst?»

Der Junge macht unbeirrt weiter. Beim zweiten Blick in das Gesicht seiner Mutter muss ich feststellen, dass ich sie *erstens* kenne und *zweitens* lieber nicht kennen würde: Es ist Frau Holthausen-Karby, die überambitionierte Paartherapeutin, mit der Jette und ich vor Jahren eine einzige schlimme Therapiestunde verbracht haben.* Wir hatten sie von Jettes Freundin Carola geschenkt bekommen und mehr aus Spaß teilgenommen – was beinahe böse Folgen gehabt hätte. Denn Susanna Holthausen-Karby zerlegte unsere glückliche Beziehung innerhalb von Minuten in hässliche Einzelteile. Und zwar so elegant und problembewusst, dass wir umge-

* Vgl. Nebe, Volkmar, «Allein unter Spielplatzmüttern», Seite 116 ff.

hend selbst an eine Krise glaubten. Wir hätten «Stellvertreter-Schwierigkeiten», so die Diagnose, uns trennten Welten.

Erst als wir in Frau Holthausen-Karby eine gemeinsame Feindin erkannten, schweißte uns das wieder fest zusammen. Sollte ihre Strategie darauf abgezielt haben, war sie erfolgreich.

Frau Holthausen-Karby holt tief Luft: «Torben Heydorn, nicht wahr?»

Entweder besitzt sie ein ungewöhnlich gutes Namensgedächtnis, oder sie hat extrem wenig Klienten – unsere Sitzung liegt immerhin über drei Jahre zurück.

«Ist dein Kind auch bei den Wühlmäusen? Ich komme gerade aus dem Urlaub wieder, deshalb haben wir uns wohl noch nicht gesehen.»

«Hallo, Frau Holthausen-Karby.»

«Susanna.»

Ihr dicker Junge räumt weitere Schuhe aus.

«Cornelius, das finde ich echt nicht gut», tadelt Frau Holthausen-Karby, und zwar im selben Tonfall, in dem man einem netten Kellner erklärt, dass man seinen Kaffee mit Milch und einem Stück Zucker nimmt.

Cornelius lacht seine Mutter folgerichtig aus.

Jetzt wird sie energischer: «Cornelius, ich bin berufstätig und alleinerziehende Mutter, das weißt du. Ich brauche daher jede Unterstützung von dir. Und durch dein Benehmen gestaltet sich meine Lebenssituation augenblicklich äußerst schwierig.»

Cornelius überlegt einen Moment und antwortet: «Das sehe ich ein, liebe Mutter, einen Moment lang hatte ich diesen Aspekt vollkommen aus den Augen verloren. Ich bin einfach einem spontanen, kindlichen Impuls gefolgt, um meine Grenzen kennenzulernen.»

Natürlich antwortet er das *nicht* (er ist ja noch nicht einmal drei). Aber Frau Holthausen-Karby hätte es sicher gerne gehört. Ich gebe zu, es ist billig, sich über die missratenen Kinder von Therapeuten, Lehrern und sonstigen Pädagogen zu freuen. Andererseits höhnte schon meine Oma: «Lehrers Kinder und Pastors Vieh gedeihen selten oder nie.» Insofern steht Frau Holthausen-Karby in einer langen Tradition.

Nachdem ich Kayas Schuhe gesichert habe, eile ich ins Kinder-Restaurant, wo mich ein Problem erwartet, nach dem ich mich lange gesehnt habe: Kaya möchte nicht weg.

Irgendwann sind wir dann doch losgekommen. Und ich bin froh, dass wir Schwella, die CIA und Susanna Holthausen-Karby für den Rest des Tages draußen lassen können. Kaya huscht in ihr Zimmer und malt sich friedlich in eine Zirkuswelt hinein, die gerade ihr großes Thema ist.

Mein großes Thema ist der Haushalt, zu dem ich zwischen Arbeit am Vormittag und der Betreuung von Kaya am Nachmittag kaum gekommen bin. Das sieht man inzwischen ziemlich deutlich. Einkaufen und Putzen sind dringend geboten, eine Arbeit, die gesellschaftlich weder anerkannt noch bezahlt oder auf die Rente angerechnet wird – wie Hausfrauen aller Schichten zu Recht beklagen. Dieser Missstand betrifft, zugegebenermaßen, nicht in gleicher Weise Haus*männer* – denn die brauchen für alles nur die Hälfte der Zeit. Männer sind in der Regel sehr viel großzügiger. Müssen wirklich alle Wassertropfen von der frischgeputzten Badewanne gewischt werden? Sollten Fenster *jeden* Monat geputzt werden? Wann muss der Müll runter – wenn die Tüte voll ist oder wenn er stinkt? Solche Fragen lassen sich unterschiedlich beantworten.

In unserer Wohnung gibt es im Moment allerdings nichts

zu diskutieren. In allen Räumen liegen Klein- und Kleinstteile herum, die von Kindern und Erwachsenen gleichermaßen leicht verschluckt oder eingeatmet werden können. Zum Beispiel die spitze Warnblinkleuchte der LEGO-Straßenkehrmaschine oder das fingernagelgroße Playmo-Handy, plus Papierschnipsel in allen Farben. Und Staub (ungefährlich, wenn man mich fragt, aber auch nicht schön, sagt Jette).

Das Schwierigste ist der Anfang. Ich mache immer denselben Fehler und addiere vorher im Kopf alle Flächen zusammen. Deren Ausmaße überschreiten rasch die vom «Platz des Himmlischen Friedens» in Peking: Böden, Regale, Schränke, Badezimmerwände, Küchen- und Glasflächen, dazu Türen mit und ohne Fenster, samt Rahmen. – Oft erscheint mir das als geradezu übermenschliche Herausforderung, der ich mich lieber gar nicht erst stelle. Außerdem: Wenn man ehrlich und gründlich genug nachdenkt (und den Tod nicht verdrängt), wird einem klar, wie kurz das eigene Leben ist. Sollte man da nicht jede Minute bewusst auskosten? Und wie passt Putzen da hinein?

Gar nicht, oder?

Ich beginne im Badezimmer unterm Waschbecken und schufte mich von dort hoch in Richtung Kachelrillen und weiter zu den Bodenrändern in der Küche. Ich entferne die Krümel hinter dem Toaster, entdecke einzelne Erdnüsse in der Abseite (kann man die noch essen?), eine Socke unterm Bett, das Pixi-Buch von Kaya im Schlafzimmerschrank.

Irgendwann groove ich mich ein, auch das Geräusch vom Staubsauger stört mich nicht mehr. In diesem Stadium kommt Hausarbeit einer Meditationsübung gleich. Ich fühle mich wie beim Harken eines buddhistischen Gartens.

Diese innere Ruhe ist himmlisch. Und auch Kaya ist auffallend still. Seit ich sie aus dem Kindergarten abgeholt habe, sitzt sie brav in ihrem Zimmer und malt Clowns und Zirkuspferde. Sie hat sich verändert, seit sie täglich bei den «Wühlmäusen» ist. Dass sie sich so lange selbst beschäftigen kann, ist neu. Früher hing sie immer an meinem Hosenbein wie der Sohn von Susanna Holthausen-Karby. Überhaupt ist sie ein eigener Mensch geworden, anders als ich und anders als Jette. Gut, manchmal interpretieren wir Ähnlichkeiten in sie hinein – sie sieht Jette im Gesicht ähnlich, kann stur sein wie sie und besitzt die Kreativität ihres Vaters. Natürlich konfrontiert sie ihre Eltern auch mit deren negativen Seiten – mich lässt sie zum Beispiel mit meiner Ungeduld genüsslich auflaufen. – Ich kann überhaupt viel von ihr lernen. Kaya knüpft Kontakte, ohne aufdringlich zu sein, sie will alles wissen und besitzt dabei einen ganz eigenen Charme. Ach Kaya!

Als ich mit dem Badezimmer fertig bin, werfe ich einen kurzen Blick ins Kinderzimmer. In der Sekunde, bevor ich schreie, bleibt mein Kreislauf kurz stehen: Kaya hat sämtliche Schränke leer geräumt und den Inhalt in die Mitte des Zimmers geworfen: Spielsachen, Stifte, Socken, Dreckwäsche, saubere Wäsche, dazwischen einzelne Legosteine, Duplo-Männchen, Glasmurmeln, Schokolade, Puppen, Bettzeug. Der Haufen ist höher als sie selbst!

«Das ist ein Berg», erklärt sie stolz. Dabei weiß sie genau, dass das kein Berg ist, sondern eine Frechheit! Und zu diesem Zeitpunkt habe ich noch nicht mal die roten Filzstiftkritzeleien auf der weißen Wohnzimmertapete entdeckt. Zu allem Überfluss klingelt jetzt noch das Telefon: Jette ruft aus einem Berliner Taxi an.

«Na, wie geht's?»

«Kaya hat die Eingewöhnung fast gepackt», berichte ich mit heiserer Stimme. «Ansonsten bin ich als Vater komplett ungeeignet, ich habe mich einfach überschätzt. Deswegen möchte ich lieber wieder Single sein und nach Berlin gehen, oder noch weiter weg ...»

Jette lacht.

«Ich meine es ernst!», belle ich in den Hörer.

Jette übergeht das einfach und schwärmt von Berlin. Eine echte Herausforderung, sagt sie. Seit der Maueröffnung blieben die Berliner in Dänemark weg, kein Wunder, Polen liege nur 60 Kilometer entfernt, besäße ebenfalls traumhafte Strände, koste aber nur die Hälfte. Zudem habe der polnische Fremdenverkehrsverband gerade eine flächendeckende Werbeoffensive in allen U-Bahnen gestartet. Das reizt Jette bis aufs Blut, um jedes Ministückchen Marktanteil will sie kämpfen bis zum Letzten – und darüber hinaus.

Das scheint mir alles etwas übertrieben.

«Und hast du heute Abend noch was vor?», würge ich sie ab.

«Ich werde wohl mit Patrick essen gehen. Nichts Besonderes, wir gehen ins Eckstein, das ist eine Kneipe im Prenzlauer Berg.»

«Schön für dich», sage ich und denke: *Ich* kann in der Woche nie ausgehen!

«Patrick hat mir bei den Computersachen unglaublich geholfen, dafür bin ich ihm einiges schuldig. Ich wüsste gar nicht, was ich ohne ihn tun sollte.»

Kein Telefongespräch ohne Patrick Kieber! Jette schwärmt ohne Ende von seinem durchtrainierten Body. Pfff! Ist ja kein Wunder – als Single besitzt Super-Patrick-Kieber alle Zeit der Welt. Ach ja, äußerst belesen ist er auch, ein eifriger Theatergänger, fehlt auf keiner Vernissage und fliegt zu Popkonzerten bis nach London und Amsterdam. Zu allem Überfluss hat er auch noch in Kopenhagen studiert. Und abends segelt er gerne mal zur «blauen Stunde» auf dem Tegeler See. Sein Job bei der dänischen Ferienhausvermittlung scheint nur eine unbedeutende Nebentätigkeit in seinem aufregenden Leben zu sein – schlafen tut der wohl nie ...

«Und sonst?»

«Arbeit, Arbeit, Arbeit.»

Das interessiert mich gerade gar nicht!

«Können wir nachher nochmal telefonieren?»

«Nachher ist schlecht, wegen des Essens mit Patrick.»

«Willst du Kaya nochmal sprechen?», schneide ich das Gespräch ab. Ich gehe mit dem Telefon zurück in die Küche. Kaya lässt gerade einen vollen Liter klebrigen Apfelsaft über die Tischplatte laufen. Ich reagiere diesmal nicht darauf und reiche ihr wortlos den Hörer.

«Papa ist scheiße», beschwert sich Kaya bei ihrer Mutter. «Und morgen gehe ich nicht in den blöden Kindergarten.»

Versteht das jemand? Oder nur Außerirdische?

7 | Langley ruft Fuhlsbüttel

Wenn morgens um sieben das Telefon klingelt, ist klar, dass etwas passiert sein muss. Warum sonst sollte jemand um diese Zeit anrufen? In Erwartung des Schlimmsten nehme ich den Hörer ab: «Heydorn?»

Am anderen Ende ist Iris Harms: «Wusst ich's doch! Eltern sind um diese Zeit schon wach.»

Aber das heißt noch lange nicht, dass Eltern um diese Zeit schon telefonieren wollen!

Iris Harms teilt mir gut gelaunt mit, dass unsere Porträtfotos fertig sind. Ich schlucke meinen Ärger hinunter und verspreche, die Bilder nach dem Kindergarten abzuholen. Kaum habe ich aufgelegt, klingelt das Telefon noch einmal, wahrscheinlich hat sie noch etwas vergessen. Doch jetzt kommt es wirklich dicke, mein Chef Norbert Schwella ist dran, «calling from Langley, Virginia».

«Moin Heydorn, Super-Artikel, das mit der Alten-WG! Habe ihn gerade zugemailt bekommen – genau so etwas wollen unsere Leser von dir haben!»

Sein journalistischer Höhenflug hat ihn wohl vergessen lassen, dass wir in Zentraleuropa erst sieben Uhr haben!

«Und wie läuft es so mit *meiner* Story in den Staaten?», erkundige ich mich verbittert. Sollte Schwella aus dem Thema ein Riesending machen, werde ich ihn töten! Mezzo-Mike sei mein Zeuge ...

«Woher weißt du, dass ich in den USA bin?», staunt er.

«Ich bin Journalist, schon vergessen?»

«Bist du sauer oder was?»

Wir werden uns nie wieder begegnen, ohne dass etwas Schlimmes passiert, Norbert Schwella!, denke ich. Und sage: «Nee, wie kommst du denn darauf? Freut mich, dass du mit meinen Infos so viel anfangen kannst.»

«Die zeigen mir bei der CIA wichtige Stationen der Agentenausbildung», begeistert sich Schwella, «damit ich die Ereignisse in Fuhlsbüttel besser verstehe.»

«Verheb dich nicht.»

Von diesem Anruf werde ich mich innerhalb der nächsten 24 bis 72 Stunden nicht erholen. Ich sehe den dicken Schwella schon in allen Talkshows sitzen und sich wichtig machen.

Im Hintergrund ist eine Polizeisirene zu hören. Da ich amerikanische Polizeisirenen aus zigtausend Filmen kenne, kapiere ich sofort: Das ist ein *deutscher* Polizeiwagen! Trotzdem dauert es noch eine lange Sekunde, bis mein Hirn durchschaltet: Schwella sitzt in Fuhlsbüttel und nimmt mich auf die Schippe. Frechheit!

«Hier ist Peter Schleuning», kichert eine andere Männerstimme in den Hörer. «Schon klar, dass du gerade den Einsatzwagen gehört hast.»

Der jüngste Vorsitzende eines Kleingartenvereins hängt also auch mit drin. Im Hintergrund hört man Schwella brüllen vor Lachen, dazwischen japst er immer wieder: «Langley ruft Fuhlsbüttel, bitte kommen! Over!»

«Wem kann man eigentlich noch trauen in dieser Welt?», beklage ich mich und muss dann doch mitlachen.

Peter Schleuning erklärt mir, dass sie erst durch die Alten-WG darauf gekommen sind: Johnny, der Polizist mit den Molotow-Cocktails, ist Schleunings Vater. Der rief ihn im Kleingarten an und feierte das «versteckte Theater» in allen Einzelheiten ab. Neben Peter saß Schwella, um herauszufinden, was an der CIA-Geschichte dran sei. Er ahnte wohl, dass ich früher oder später selbst im Kleingarten auftauchen würde, und überredete Schleuning, mir weiszumachen, er sei nach Washington geflogen.

In Schwella habe ich mich getäuscht, das muss ich zugeben. Er zahlt zwar mies, besitzt aber durchaus sympathische Seiten! Vielleicht sollte ich ihn für den vierten Geburtstag von Kaya im nächsten Jahr als Clown engagieren ...

8 | Porno

Es geht voran. Kaya ist heute zwei Stunden länger allein im Kindergarten geblieben. Ich habe ihr im Gegenzug versprochen, dass wir nach dem Mittagessen die Bilder von «Fotokunst Iris Harms» abholen. Aus irgendeinem Grund findet sie das extrem spannend.

Als wir vor dem Laden stehen, quietscht Kaya begeistert auf: «Guck mal, Papa – da ist Mama!»

Ich bekomme erst einen Schreck, dann einen Hassanfall: Iris Harms hat Jette mit nackten Schultern und über den Brüsten gekreuzten Armen zwischen die rumänischen Straßenhunde ins Schaufenster gehängt. Kaya und ich finden uns durchgeschwitzt neben Schlips- und Mohairpulloverträgern wieder.

Empört stürme ich den Laden. Iris Harms steht hinterm Verkaufstresen und fieselt gerade mit einem winzigen Uhrmacherschraubenzieher an einer Kamera herum. Wieder trägt sie schwarze Nadelstreifen, ein weißes Hemd und den gelben Schlips. Ich möchte nicht ausfallend werden, um meiner Tochter ein Vorbild zu bleiben. Dennoch zittert meine Stimme vor Wut: «Wir hatten eine Vereinbarung!»

Iris Harms lächelt über ihre Halbbrille hinweg: «Die Fotos sind klasse, das haben mir heute alle Kunden gesagt.»

«Sie haben es versprochen!», zische ich.

«Nun mal ganz ruhig, wollen wir uns nicht duzen?»

Ist das der richtige Zeitpunkt für Vertraulichkeiten? Ich meine NEIN! Doch bevor ich ihr das erläutern kann, ist Kaya schon hinter dem Vorhang zum Atelier verschwunden – dorthin, wo Jette noch vor einigen Tagen halbnackt gesessen hat. Sofort ertönt lautes Gebell aus verwachsenen Hundekehlen. «Kaya!» Ich hechte hinterher.

Es ist schlimmer als befürchtet: Sechs grässliche Kreaturen balgen sich um einen Plastikknochen, einer hässlicher als der andere. Und Kaya mittendrin.

«Guck mal, Papa – der komische Knochen!»

Erst auf den zweiten Blick erkenne ich: Das ist kein Knochen, sondern ein Dildo. Gütiger Gott, dieser Laden macht mich fertig!

Kaya ist um die Ecke verschwunden. Ich bahne mir meinen Weg durch Hundehaare und Sexspielzeug. Hunde, Brautleute und Porno – die drei Säulen der Fotokünstlerin Iris Harms! Wenn sie sich damit bloß nicht verzettelt ... Aber vor allem soll Kaya nichts damit zu tun haben!

Ich stürme auf eine offene Tür zu und bremse gerade noch rechtzeitig ab, um die große Frau nicht umzureißen, die sich da mit dem Rücken zu mir stehend einen Lidstrich zieht. Sie ist Ende zwanzig, ihr Körper schmal und schlank. Das kann ich im Spiegel sehr genau erkennen, weil sie nackt ist.

Gesicht, Hals und Hände sind tiefbraun, die übrige Haut porzellanweiß – ungewöhnlich für Pornomodels (soweit ich das beurteilen kann). Komischerweise wirkt sie auf diese Weise irgendwie bekleidet. Vielleicht liegt das auch an ihren unzähligen Piercings – zu denen im Gesicht kommen noch etliche an Bauchnabel und anderen Stellen dazu. Moment mal: Das ist Anne, Kayas Erzieherin aus dem Kindergarten!

Ein Beischlaf-Partner (oder -Partnerin) ist nicht zu sehen, wenigstens das.

«Raus!», brüllt Anne. «Aber schnell!»

Dem komme ich nach, ohne Kaya vorher einzusacken. Ein entscheidender Fehler! Nun stehe ich draußen neben der Tür mit dem Rücken zur Wand, wie der Leiter eines Sondereinsatzkommandos, der mit einer Geiselnehmerin verhandelt.

«Kannst du Kaya rausschicken?», bitte ich.

«Kaya, gehst du zu deinem Vater?», höre ich sie fragen.

«Nein», antwortet meine Tochter entschieden.

Anne findet das gar nicht witzig: «Ich habe Feierabend und bin nicht mehr für dich zuständig!»

«Egal», findet Kaya.

«Sie will nicht!», ruft Anne mir zu. Feierabend hin oder her, fällt der nicht mehr ein? Immerhin ist sie ausgebildete Erzieherin!

«Kaya, kommst du jetzt?», fauche ich ungeduldig.

Mit dem Nacktsein ist es so eine Sache. Gehst du in den USA nackt in die Sauna, wirst du verhaftet. Ziehst du in einer deutschen Sauna deine Badehose *nicht* aus, wirst du als Spanner beschuldigt und hinausgeworfen. Was nicht heißt, liebe Nordamerikaner, in deutschen Saunas kenne man keine Scham: Treffen wir beim Birkenblütenaufguss eine alte Schulfreundin, ist es selbst uns unangenehm, sie nackt anzusprechen – und ihr gar vor lauter Wiedersehensfreude um den Hals zu fallen (Kathrin, bitte entschuldige nochmal). Und zugegeben, auch das Volleyballspielen am FKK-Strand kostet beim ersten bis fünfzehnten Mal Überwindung, weil alles ungeschützt und vor aller Augen hin und her schlackert. Aber das gehört zu einer Jugend in diesem Land einfach dazu ...

«Anne, ich komme jetzt rein. Kannst du dir etwas überziehen?»

In einer öffentlichen Sauna würde ich natürlich total anders mit der Lage umgehen. Befangen schiebe ich mich an Anne vorbei, wobei ich sie aus Versehen leicht streife. In den USA hätte sie mich wohl auf mindestens eine Million Schadensersatz verklagt, aber in «Good Old Europe» gibt es dafür zum Glück keinen Cent.

«Entschuldigung», keuche ich kurzatmig. Ich ziehe Kaya aus der trockenen Wanne und trage sie hinaus. Draußen kommen uns schon die sechs kläffenden Höllenhunde entgegen, wir flüchten in den Verkaufsraum. Dort steht Iris Harms und wedelt mit einem großen Umschlag.

«Die Fotos aus dem Fenster habe ich entfernt ...»

«Schon gut», brumme ich versöhnlich. Doch als ich mir den Inhalt des Umschlags genauer ansehe, wird mir schlecht. Entsetzlich! Bevor Kaya in die Pubertät kommt, müssen diese Bilder vernichtet sein! Sie eignen sich hervorragend als Erpressungsmaterial gegen ihre Eltern («Die Negative gegen zweihundert Euro mehr Taschengeld ...»).

«Äh, danke. Künstlerisch sind sie ja super.»

«Schon verstanden.»

Iris Harms hat recht, es ist gelogen: Auch künstlerisch sind diese Bilder totaler Schrott!

«Übrigens, wenn ich dir einen nettgemeinten Rat geben darf: Nimm die Hunde aus dem Fenster!»

Jetzt ist sie beleidigt: «Du meinst wohl, alle Hunde müssten so aussehen wie in einem Hundekalender?»

«Häh?»

«Wenn man in Deutschland unter einer Million Hunden *die* perfekte Schönheit sucht, kommen vielleicht achtzig Hunde zusammen. Und die sehen wir in sämtlichen Hundekalendern, Anzeigen, inklusive Karstadt-Beilagen und den Postern der ALDI-Sonderverkäufe für Tierprodukte ...»

Verwechselt sie vielleicht Hunde mit Menschen?

«Rassehunde sind die Abweichung vom Normalen: *Sie* sind die Mutation – und nicht meine Süßen da draußen im Fenster! Bloß wollen die oberflächlichen Trottel da draußen das einfach nicht begreifen.»

Und ich gehöre dazu, schon verstanden. Ich verabschiede mich höflich und eile mit Kaya hinaus.

Jetzt haben wir Nervennahrung verdient. Wir gehen zu den «Eisdeerns» nebenan, dort gibt es das beste Eis der Welt. Zwei Bananasplit später kommt Piercing-Anne auf uns zugeschlendert. Eigentlich ist Anne eine hübsche Frau, finde ich, wäre da nicht dieser genervte Ausdruck in ihrem sonst ebenmäßigen Gesicht. Ihre Mundwinkel sind nach unten gezogen, ihre großen grünen Augen wirken giftig. Zum Glück hat sie eine schwarze Jeans und eine dunkelblaue Bluse mit Jack-Wolfskin-Bärentatzenemblem übergezogen. Auf Pornomodel würde man jetzt nicht mehr ohne weiteres schließen. Aber nun, sie ist ja auch privat unterwegs.

Anne setzt sich neben uns. Kaya krabbelt, ohne zu fragen, auf ihren Schoß: «Papa, Annes Busen ist größer als Mamas», erinnert sie sich. «Guck! Anne, zeig Papa das mal!»

«Kaya!»

Anne lässt Kaya in ihren Ausschnitt schauen. In diesem Moment entdecke ich Susanna Holthausen-Karby im hinteren Teil der Eisdiele. Sie tut so, als ob sie mich nicht sieht, aber sie bekommt alles mit, da bin ich sicher. Immerhin ist Anne auch die Erzieherin ihres Cornelius – da wacht sie eifersüchtig über mögliche Vertraulichkeiten mit anderen Eltern.

Womit ich nicht rechnen kann, ist, dass Kaya in diesem Moment den Dildo aus ihrem Kinderrucksack zieht. Sie muss ihn im Fotostudio eingesackt haben.

«Was ist das, Papa?», fragt sie unschuldig.

Susanna Holthausen-Karby hat sich an ihrem Eiskaffee verschluckt. Aus kalten, wachsamen Augen sieht sie mich sehr, sehr böse an.

Mir selbst ist einigermaßen egal, ob sich die Erzieherin meiner Tochter etwas mit Nacktaufnahmen dazuverdient, aber das geht zu weit! Ich reiße Kaya den Dildo aus der Hand, reiche ihn Anne und ignoriere Holthausen-Karby, so gut es geht.

«Hast du mal fünf Euro für die U-Bahn?», fragt Anne. «Ich muss dringend zur Verbraucherzentrale.»

Ich bin sicher, dass sie mich nur ärgern will. Nun gut, patzig kann ich auch: «Schuldet Iris Harms dir Honorar? Oder hat sie deine Nacktfotos versaut?»

«Quatsch. Ich habe Probleme mit meiner Bank.»

«Sie nimmt zu viel Gebühren und überweist Schecks erst am nächsten Tag?»

«Sehr witzig. Nein, im Ernst: Stell dir vor, du kommst nach drei Monaten Urlaub wieder, und als Erstes zieht der Geldautomat deine EC-Karte ein, weil dein ganzes Konto leer geräumt ist. Inklusive Dispo. Obwohl du keinen einzigen Cent abgehoben hast.»

«Das musst du mir genauer erklären.»

Anne nickt. «Die Bank behauptet kackfrech, die fünfzehntausend Euro seien legal abgehoben worden, weil ich jemandem Zugang zu meinen Daten gegeben hätte. Das Geld ist auf ein Schweizer Nummernkonto gewandert. Da der Bank zufolge kein Fehler ihrerseits vorliegt, kann ich keine Anzeige erstatten.»

«Hast du während des Vierteljahrs denn nie deinen Kontostand kontrolliert?»

«Nee, das brauchte ich nicht. Ich bin als Decksfrau auf einem Containerfrachter nach China gefahren. Bisschen

Klamotten genäht, bisschen Küchenhilfe, der Rest war umsonst.»

Langsam werde ich neugierig: Ein Opfer wie du und ich, ein Konzern als übermächtiger Feind, und das Ganze passiert einer Frau, die eine Reise über mehrere Ozeane macht. Genau der richtige Stoff für den «Fuhlsbüttler». Und es kommt noch dicker: Weil Annes Miete nicht überwiesen werden konnte, hat ihr Vermieter sämtliche Möbel einkassiert und irgendwo versteckt, als Pfand.

«Das darf der gar nicht.»

Anne lacht bitter: «Hat er aber! Blöderweise ist er im Urlaub, und ich komme an die Sachen nicht ran. Zum Glück lässt Iris mich im Studio wohnen.»

«Also doch kein Porno?»

Aus Versehen habe ich laut gefragt. Anne verdreht die Augen. «Die Dildos gehören einem Paar, das gestern hier ein Shooting hatte.»

Mit einem Mal bin ich blendender Laune. Ich blinzele Susanna Holthausen-Karby zu. Sie sieht demonstrativ zur Seite. So viel Glück habe ich lange nicht gehabt: Ich werde die größte deutsche Bank wegen gravierender Sicherheitslücken an den Pranger stellen, Gesetze müssen geändert werden, meine Reportage wird Folgen für den Geldverkehr der gesamten Republik haben. Torben Heydorn zu Gast in jeder wichtigen Talkshow! Danach kann ich mir meine Jobs aussuchen. Vielleicht wird meine Story sogar verfilmt – wer würde mich wohl spielen?! Aber das Wichtigste ist: Jette kann den Job in Berlin abblasen, weil ich bald mehr als genug Geld verdiene! Warum ich mir so sicher bin?

Weil ich den führenden Experten, was das Knacken von Online-Konten anbelangt, nicht erst suchen muss – ich kenne ihn seit Jahren.

9 | Popeye

Es ist komisch, das alte Mietshaus im Szeneviertel zu betreten, Jahre nachdem du dort gewohnt hast. Alles ist renoviert, die Stufen sind neu, die Wände hellrot gestrichen. Es sieht nicht schlecht aus, es hat nur nichts mit meiner Erinnerung zu tun. Wo sind die ausgelatschten Treppenstufen geblieben? Der bröckelnde Putz in den dunkelgrünen Fluren?

«Hier haben Mama und Papa gelebt, bevor du auf die Welt kamst», erkläre ich Kaya, als wir im vierten Stock vor der Wohnungstür stehen. Es interessiert sie kein Stück. Drinnen dröhnt laute, atonale Musik (klingt nach den Einstürzenden Neubauten). Ich muss dreimal klingeln, bis Popeye endlich öffnet. Er trägt ein schwarzes Fan-Shirt mit Totenkopfemblem (1. FC St. Pauli), dazu eine schmierige Dreiviertelhose mit Cargotaschen.

Er mustert Kaya ablehnend aus großen braunen Augen: «Mit Kind ist das schlecht», muffelt er statt Begrüßung.

Popeye ist unser Nachmieter von damals, wir haben ihn uns nicht ausgesucht, er kam vom Vermieter.

«Es geht nicht anders, Jette ist nicht da, und der Kindergarten hat zu», lüge ich.

«Die Blagen aus der Nachbarschaft haben mir mehrmals meine Geräte kaputt gemacht.»

«Meine Tochter ist ganz anders.»

«Klar.»

«Kaya, hast du gehört?»

Kaya verdreht die Augen: «Jaaaa.»

«Sie fasst hier nichts an, Popeye, versprochen!»

Er schnaubt nur abfällig.

«Du heißt ja komisch», bemerkt Kaya, zu Recht. Vor allem bei Erstkontakt finde ich es extrem unangenehm, Menschen mit Spitznamen anzusprechen. Die Manie, sich Namen von Comic-Helden wie «Zack», «Daisy» oder «Dickie» zu geben, wird jedoch leider alles Irdische überdauern.

Popeye heißt eigentlich Peter Eicker und ist Mitglied in einem fundamentalistischen Hackerclub. Soll heißen: kein Kommerz, nur Aufdecken von Schweinereien. Hin und wieder landen die blassen pickligen Kollegen einen Coup und erscheinen groß in Presse und Fernsehen. Zum Beispiel – und deswegen komme ich auf Popeye – haben Popeye und Konsorten nachgewiesen, wie unsicher unsere Online-Konten sind. Wenn jemand auf dem neusten Stand ist, dann er. Und nebenbei kann Kaya hier das erste Mal in Kontakt mit ihrer Zukunft treten – die Basis für spätere Lebensentscheidungen wird früh gelegt, das ist bekannt. Ich hätte nichts dagegen, wenn sie schon bald einem Hackerclub beitreten würde – schon weil ich dann eine kompetente Ansprechpartnerin für all meine Windows-Probleme hätte.

Popeye ist erst Mitte zwanzig und schon seit knapp zehn Jahren dabei. Leute wie er sind die Hauptgewinner der digitalen Revolution. Sie wissen, was hinter der Benutzeroberfläche wirklich abläuft. Mit diesem Wissen werden sie in zehn, zwanzig Jahren die Geschicke unseres Landes lenken – als Minister, Wirtschaftsführer und Klinikdirektoren …

Was mich an unserer ehemaligen Wohnung am meisten

irritiert, sind nicht die anderen Möbel, sondern der fremde Geruch. Im Wohnzimmer mit dem weißlackierten Holzfußboden und den ebenso weißen Wänden steht ein langer, rustikaler Holztisch, auf dem sich ein Dutzend Bildschirme befinden (alle zeigen einen buddhistischen Tempel als Bildschirmschoner). Unzählige Kabel führen über den scheckigen hellgrauen Kunststoffboden zu einem großen Loch in der Wand.

Hinter dem Tisch steht ein goldener Plattenspieler auf einer hüfthohen Plexiglassäule. Hier stand früher Jettes drehbarer Mondglobus mit den vielen Kratern, den sie in einem Kopenhagener Antiquitätenladen gekauft hatte. Hier habe ich meinen dreißigsten Geburtstag gefeiert mit achtzig Gästen, von denen ich ein Drittel nicht kannte, aber die Musik lockte viele Leute von der Straße an, die einfach mitfeierten. Ach ja …

Das ist nun fast neun Jahre her! Es sah natürlich ganz anders aus, Jette und ich hatten das Zimmer mit Regalen vollgemüllt, überall lagen Zeitschriftenstapel auf dem Boden, in der Ecke stand Jettes Nähmaschine. Damals nähte sie ihre Klamotten noch selbst, entwarf sogar eine eigene Kollektion, die sie den umliegenden kleinen Geschäften auf Kommission anbot und nicht einmal schlecht verkaufte.

«Ist Popeye ein echter Pirat?», fragt Kaya und deutet auf den Totenkopf auf seinem Sweatshirt.

«Ja», behaupte ich.

«Auf einem Schiff?»

«Nee, auf dem Wasser wird er sofort seekrank, der spielt Schiffe versenken nur am Computer.»

«Haha», beschwert sich Popeye humorlos.

«Vielleicht kann Kaya im Netz surfen, während wir uns unterhalten?», schlage ich vor.

«Nein.»

Es war ein Witz, Popeye. Entspann dich!

«Ich lade ihr ein Malprogramm runter», lenkt er ein.

Kaya hockt sich neugierig vor einen der Bildschirme. Ich nehme sie auf den Schoß und lasse sie mit der Maus wilde Krakel malen. Popeye setzt sich chefmäßig an die Stirnseite des Tisches.

«Wie kann man Online-Konten knacken?» Ich stoße gleich zum Wesentlichen vor.

«Kommt drauf an.»

«Worauf?»

«Es ist illegal.»

Ach, nee!

«Das war nicht meine Frage!»

Popeye zieht seinen nackten Fuß aus den Birkenstockimitatlatschen und fummelt mit dem Zeigefinger zwischen großem Onkel und dem Zeh daneben herum. Ist das ekelhaft! Ich muss meine optimistische Prognose korrigieren – Wirtschaftsboss oder Minister wird der nie! Andererseits haben solche Leute erfahrungsgemäß in ihrem Leben schon alles Mögliche gemacht: Bill Clinton zum Beispiel, Ex-Präsident der USA, hat nach eigener Aussage schon mal an einem Joint gezogen (aber eben nicht inhaliert).

Doch Popeye wirkt zu antriebslos – der wird sein Leben lang in billigen Wohnungen abhängen und an seinen Füßen pulen. Das könnte mir gleichgültig sein. Allerdings sehe ich ein weitaus ernsteres Problem auf mich zukommen: Was tun, wenn Kaya in ein paar Jahren Typen wie ihn zu uns nach Hause schleppt und lächelnd bekennt, dass sie ihn liebt, während er sich dreist grinsend zwischen den Zehen krault?

Popeye selbst ist zum Glück schon fündundvierzig, wenn Kaya fünfundzwanzig ist, dann wird sie sich kaum für so einen alten Sack interessieren. Aber so was wie er wächst permanent nach, fürchte ich.

Mit Gewalt zwinge ich meine Gedanken zurück zum Thema: «Ein Krimineller könnte also Online-Konten leer räumen?»

«Mit den nötigen Infos, ja.»

«Was muss er oder sie wissen?»

«Das Passwort.»

Jetzt bloß nicht die Geduld verlieren, Torben!

«Und wie kommt er an das Passwort ran?»

«Da gibt es verschiedene Wege.»

Wir drehen uns eindeutig im Kreis. Ich reiche ihm einen Zettel mit der Nummer jenes Schweizer Kontos, auf dem Annes Geld gelandet ist.

«Ich muss wissen, wem das Konto gehört.»

Er schaut kurz auf den Zettel: «Schweizer Nummernkonto? Keine Chance, das weiß nicht mal die Bank ...»

Wieder nicht die Antwort, die ich hören will.

«Du hast keine Ahnung, was?»

Popeye wird rot. Das hätte ich nie erwartet.

«Quatsch!» Er ist ehrlich gekränkt. «Frag mich was anderes!»

«Okay, machen wir einen kleinen Test: Ich gebe dir den Namen eines guten Bekannten, und du siehst zu, was du über ihn herausbekommst.»

«Was willst du wissen?»

«Erkrankungen im letzten Quartal, Kontostand, pipapo. Patrick Kieber heißt der Mann, wohnt in Berlin, Goltzstraße 13, in Schöneberg. Geboren am 15. 7. 1975.»

Mal sehen, was sich über Jettes Super-Kollegen in Erfahrung bringen lässt! Mehr habe ich mit meinen bescheidenen PC-Kenntnissen leider nicht herausbekommen.

«Das fällt aber unter Datenschutz», protestiert Popeye halbherzig. Es reizt ihn natürlich, dem Journalistensack zu beweisen, was er draufhat. Er schlurft lässig in unser altes Schlafzimmer. Hier haben wir Kaya gezeugt.

«Wann gehen wir wieder?», drängelt diese. Unser analoges Malprogramm zu Hause findet sie viel besser. Ich nehme sie auf den Schoß und zeige ihr Internetfotos von Bären, Tigern und einem Notarztwagen. Nach ungefähr einer Viertelstunde kommt Popeye zurück.

«Patrick Kieber ist mit 70 154,23 Euro im Minus», berichtet er trocken. «Sein Blutdruck ist für Mitte dreißig viel zu hoch, er hatte vor kurzem eine verschleppte Hodenentzündung, weil er zu spät zum Arzt gegangen ist. Vermutlich hat er die verschriebenen Antibiotika zu früh abgesetzt.»

Eine sanfte Blockflöte stimmt in meinem Ohr ganz leise «We are the champions» an, Streicher setzen ein, eine E-Gitarre, ein Drumset. Dann schiebt sich Freddy Mercurys Stimme in den Vordergrund. Danke, Internet, danke, Popeye! Ich freue mich schon jetzt auf meine erste Begegnung mit Patrick Kieber! In Annes Fall bin ich zwar keinen Schritt weitergekommen, aber dieser Punktsieg gehört mir! Außerdem ist Popeye nicht der einzige Hacker-Informant auf diesem Planeten.

Ich stehe auf.

«Das mit der Hodenentzündung von Kieber war nicht schlecht, Respekt.»

«Du weißt ja selbst, wie weh das tut.»

Woher weiß Popeye von meiner Hodenentzündung?

«Du hast mich durchgecheckt?»

Popeye grinst überheblich. Dieser Mistkerl! Da fällt mir auf, dass Kaya verschwunden ist. Durch die angelehnte Tür kann ich sie im Nebenraum an irgendwelchen Kabeln herumfummeln sehen. Ein ganz normaler kindlicher Trieb, oder nicht? Höchstens für eine Millisekunde treffen sich unsere Blicke: Sie registriert, dass ich nicht eingreife, und macht weiter.

«Und was nützt dir das?» Ich gebe mich entspannt. «So ’ne Hodenentzündung ist kein Ding. Mit Antibiotika hast du das nach einem Tag im Griff.»

Meine Lässigkeit ist natürlich nur gespielt. Dieser Eingriff in meine Intimsphäre ist eine Riesensauerei! Natürlich befinde ich mich kaum in der Position, hier den Datenschutzapostel zu markieren. Trotzdem: Alles in mir schreit nach Rache.

Und Kaya arbeitet dran: Mittlerweile riecht es hier ganz klar nach verschmortem Gummi. Ein feines Knistern, dann fällt der Strom aus, und alle Bildschirme werden dunkel. Während Popeye fluchend zum Sicherungskasten hastet, eilen Kaya und ich hinaus.

Ich genieße es, mit meiner wunderbaren Tochter Hand in Hand durch unser ehemaliges Revier zu streifen: die Straßencafés und türkischen Gemüseläden, das Notenantiquariat, der holländische Käseladen – selbst die Sparkasse wirkt irgendwie pittoresk, obwohl sie aussieht wie alle anderen in der Stadt. Später gehen wir noch auf den Abenteuerspielplatz, und Kaya schafft es zum ersten Mal ohne Hilfe auf das allerhöchste Gerüst. Ein wunderbarer Tag – wer wollte da schon über Fummeleien an Kabeln streiten?

10 | Budni-Clubbing

Am nächsten Tag feiere ich im Kindergarten den Gesamtsieg: Kaya bleibt den ganzen Vormittag dort – ohne mich und ohne Tränen! Damit beginnt auch für mich ein neuer Lebensabschnitt. Ich recherchiere weiter im Fall Anne Marquart, kontaktiere Verbraucherzentralen, Rechtsanwälte und Betroffenenvertretungen. Doch leider kommen die Ermittlungen nur mühsam voran.

Um dennoch endlich mal wieder Geld einzuspielen, habe ich an den Vormittagen dieser Woche mit Züchtern von Königspudeln gesprochen und mir von Anwohnern ihre Ansichten zur örtlichen Abwasserversorgung (konkret: die Funktionsweise der Gullydeckel im Wacholderweg) schildern lassen. Ich habe die Wiedereröffnung einer griechischen Nähstube abgefeiert und Herrn Schmidtke von der Filiale der Hamburger Sparkasse hinter mir – alles nette Leute, die sich im «Fuhlsbüttler Anzeiger» wiederfinden und wohlfühlen werden.

Nachmittags will Kaya neuerdings Kinder aus ihrer Gruppe besuchen, ein deutliches Zeichen, dass sie tief in ihrem Innersten im Kindergarten angekommen ist. Selbstverständlich unterstütze ich das voll und ganz! Natürlich habe ich mich anfangs gefragt, welche «Wühlmaus»-Eltern ich sympathisch finde. Da ich sie überwiegend vom Sehen kenne, kann ich nur nach dem Äußeren gehen: Da ist zum Beispiel diese sportliche Mutter, deren Lächeln mir durch und durch geht. Ich spüre, dass sie viele Dinge im Kindergarten genauso absurd findet wie ich. Und dann ist da noch eine andere, die hat zwar noch nie mit mir geredet, aber sie erinnert mich an meine erste große Liebe zu Annick (die unglücklich endete – aber das ist lange her). Nicht zu vergessen: der türkische Vater, der viel und freundlich lacht.

All diese netten Eltern verbindet eines: Sie sind mir äußerst sympathisch – und Kaya hat mit ihren Kindern nichts zu tun! Regel Nummer eins lautet nämlich, bitter, aber wahr: Dein Kind sucht sich seine Freunde selber aus!

Aber ist Kayas Leben nicht auch mein Leben? Und wenn ja, muss ich da nicht mitreden können?

Die korrekte Antwort auf beide Fragen lautet: nein!

Ich liebe Kaya über alles, aber manchmal steigt unabhängig davon eine tiefe Sehnsucht in mir hoch nach dem geordneten, übersichtlichen Leben derer, die keine Kinder haben. Ich möchte wieder im Szeneviertel wohnen, jeden Samstagvormittag im angesagten Lieblingscafé drei überregionale und eine Boulevardzeitung lesen, anschließend etwas einkaufen – um dann auf dem Flohmarkt meine Freunde zu treffen, mit denen ich eine Latte macchiato oder ein erstes Bier trinke.

Ich würde alle Menschen mitleidig anschauen, die fälschlicherweise ein*en* Latte bestellen, würde «independent Independentmusik» hören, die in 500er Auflagen produziert wird (und die niemand außer uns fünfhundert kennt), trüge ausschließlich Jacken, Hosen und Schuhe von Kleinstlabels aus dem Viertel. Jenen wenigen Eingeweihten, welche dieselben seltenen Kleider am Leib tragen, würde ich besonders herzlich begegnen, weil diese Unangepasstheit uns in besonderer Weise verbindet. Dass unsere seltenen Markenklamotten meist überteuert und schlecht verarbeitet sind, machte mir nichts aus. Laut und ohne Scham würde ich über alle Spießer lästern, die weit weg von der City wohnen. Und jeder würde mir das abkaufen, am meisten ich mir selbst.

Was für ein Leben! – Mit Kind nicht zu machen.

Versuch mal, eine dicke Zeitung zu lesen, wenn deine Tochter es nicht will. Du kannst dich höchstens eine halbe Seite lang abschotten, denn Ohren kann man nicht so einfach verschließen: «Papa, ich will nicht, dass du liest! Paaaapaaa, hörst du nicht ...?! Paaaapaaa!» Sitze mal länger als eine halbe Stunde in einem Restaurant, ohne dass dein Kind die gläsernen Zuckerbehälter von den Nachbartischen fegt. Oder rede mal im Beisein deines Kindes eine Viertelstunde lang mit Freunden über etwas, das *euch* brennend interessiert – all deine guten Absichten werden permanent zunichtegemacht. Andauernd bist du in Bewegung – wie willst du da feste Gewohnheiten entwickeln? Das gelingt höchstens am Abend, wenn die Kinderherrscher schlafen – *falls* sie schlafen.

Nicht-Eltern haben feste Freunde und Bekannte, die ähnlich denken wie sie. Eltern hingegen müssen sich immer wieder mit vollkommen andersartigen Menschen auseinandersetzen. Nämlich mit den Eltern der Freunde ihrer Kinder (siehe Beispiel oben). Als Vater kann ich über das Selbstbild meiner kinderlosen Freunde und Bekannten daher nur staunen. Fast alle geben damit an, wie «breit gefächert» ihr Bekanntenkreis sei. Zieht mal ehrlich Bilanz, liebe Nicht-Eltern: Bei wem habt ihr im letzten Vierteljahr auf der Couch gesessen? Wie viele eurer Gastgeber trugen komplett andere Kleidung und besaßen eine euch in allen Fragen des Lebens entgegengesetzte

Meinung? Wer verdiente das Dreifache eures Einkommens und wer bloß ein Drittel?

Erwischt? – Erwischt!

Umgekehrt solltet ihr versuchen, euch alle schwierigen Menschen vorzustellen, denen ihr je begegnet seid: den pingeligen Sachbearbeiter im Einwohnermeldeamt, die nervige Politesse, den despotischen Vorarbeiter. Den selbstherrlichen Uni-Professor oder den kurzangebundenen Orthopäden, der einen trotz Schmerzen in einer Minute abfertigt. Dann noch den betrügerischen Gebrauchtwagenhändler, den schikanösen Unteroffizier mit Minderwertigkeitskomplex, den Psychopathen aus der U-Bahn. – Stellt euch vor, ihr säßet mehrere Nachmittage pro Woche bei solchen Menschen im Wohnzimmer. – Und?!

Es gibt nur einen Weg, das zu umgehen – indem *ihr* sie zu euch nach Hause einladet (falls euer Kind das nicht schon längst arrangiert hat und ihr gar nicht mehr nein sagen könnt).

In meinem Fall heißt das konkret: Kaya will häufig zu Bradley, dessen Vater Roger die Gefahren des Passivrauchens aktiv ignoriert, indem er sich eine nach der anderen anzündet – in der ohnehin schon atemberaubend engen Blockwohnung, wo Bradleys wildmähnige Mutter Ronja ihren Bacardi nachmittags mit Cola light, abends, ab 17:00 Uhr, pur trinkt und alle drei Kinder in einem Zimmer schlafen. Familie Bradley spricht extrem schlecht Deutsch, obwohl sie gebürtige Deutsche sind (und das seit geschätzten zwanzig Generationen).

Roger und Ronja achten jedoch streng auf Tischmanieren und gutes Benehmen – beides ist bei Constanze und ihrer Tochter Rebecca wiederum eher dürftig ausgeprägt. Die Frau unseres HNO-Arztes ist damit eher schlampig. Ihre Rebecca saut überall mit Chips und Krümeln herum, beschmiert sogar die Tapeten mit Avocadocreme (worüber Kaya erst staunt und es abends bei uns zu Hause selbst probiert).

Allerdings besitzt Constanze ein Super-Staubsaugersystem, um das man sie nur beneiden kann. Auf dem Balkon hat Constanze mir kürzlich einen Joint angeboten. Das hat mich fast umgehauen, so überraschend kam das. Erst habe ich mich geziert und dann doch mitgemacht – in der Hoffnung, dass Kayas Freunde unter Drogeneinfluss auch meine werden könnten. Ich lerne: Das klappt nur bedingt.

An anderer Stelle kann ich wiederum meine Geschichtskenntnisse aufbessern: Roger aus dem Hochhaus ist Polizist und weiß Erstaunliches über die Hohenzollern zu berichten. Und da Bacardi-Ronja bei der Kraftfahrzeug-Zulassungsstelle arbeitet, erfahre ich alles über die Vergabe spezieller Buchstabenkombinationen im Kennzeichen: Die ehemalige Tagesschau-Sprecherin Susan Stahnke, zum Beispiel, hätte mit ihren Initialen keine Chance, wegen der deutschen Vergangenheit. Ebenso wenig wie mein Chef Norbert Schwella. Das ist per Erlass geregelt.

Wo ich auch hinkomme, lerne ich dazu. Meine Beobachtungsgabe wächst mit jedem weiteren Besuch. Bradley ist mit drei schon Lidl-Cola-Trinker, Constanzes Kind bekommt nur Biosäfte. Constanze hat lange in Singapur gelebt, und es bereitet ihr enorme Angst, wie sehr wir Europäer die Folgen der Globalisierung unterschätzen. Besonders, was die Zukunft unserer Kinder anbelangt. Ihre Rebecca geht montags zum Ponyreiten, dienstags zur Logopädie, mittwochs in die Musikschule, donnerstags zum Chinesisch und danach zum Turnen. Freitags ist Spielgruppe, die aber nur alle vierzehn Tage. Nach dieser Aufzählung stehe ich unter PISA-Schock, der durch den Joint ungut verstärkt wird. Und ich bekomme Lust auf einen Cheeseburger. (Übrigens, worüber viele

Nicht-Eltern spekulieren: Die McDonald's-Frage ist keine. 100% aller Eltern waren mit ihren Kindern schon mal da, die Frage ist nur, wie oft und ob sie dort auch Kindergeburtstag feiern.)

Meine Feldforschungen bei Constanze, Ronja & Co. haben außerdem ergeben: Alle Eltern besitzen eine Kundenkarte des Drogeriemarkts um die Ecke (wegen der täglichen Unmenge an Windeln und Feuchttüchern). Bei uns ist es die Kundenkarte von «Budnikowski» (zärtlich «Budni» genannt). Unser Budni veranstaltet sogar einmal im Jahr ein Laternenfest mit Spielmannszügen – eine gute Gelegenheit, jene stolze, unbekümmerte Independent-Musik der Vorstädte zu hören, ganz unabhängig vom jeweiligen Mainstream.

Sonst gibt es – wie gesagt – nichts, gar nichts, was mich mit anderen Eltern verbindet. Kaya zuliebe werde ich natürlich weiter nach Gemeinsamkeiten suchen.

Bloß morgen nicht. Morgen ist Vatertag, da bestimme ich, was läuft – das muss sogar eine Dreijährige anerkennen!

11 | Vatertag mit Bobby-Car

Kaya und ich kämpfen uns in der Mittagssonne den schmalen Bergpfad hinauf. In meinem Rucksack befinden sich etliche Bierflaschen und Kartoffelsalat vom Schlachter. Der Weg ist übersät mit vielen groben Steinen, und ich ziehe ein ferrarirotes Bobby-Car hinter mir her – mein neues Statussymbol. Weil unser Nissan nicht angesprungen ist, sind wir mit dem Bus gekommen und viermal umgestiegen. Hoffentlich ist es nichts Ernstes!

Als wir endlich den Gipfel erreicht haben, bin ich vollkommen erledigt. Kein Wunder: Die Bodenplatte des Bobby-Cars ist mit Stahlstreben verstärkt – und wiegt Hölle. An der höchsten Stelle des Müllbergs hat man drei Findlinge aufgestellt, die dem siebzig Meter hohen Hügel den Touch einer altgermanischen Thingstätte geben sollen. Eine Art Mini-Stonehenge also, was vollkommener Quatsch ist, denn wir stehen auf begrüntem Bauschutt des ausgehenden zwanzigsten Jahrhunderts.

Rudolf lehnt schon an einem der Steine und drückt mir netterweise gleich ein Bier aus seiner Kühlbox in die Hand. Neben ihm spielt sein Sohn Michel im Sand mit einem Gabelstapler. Dies ist unsere erste Verabredung außerhalb des Kindergartens.

«Mensch, war das ein Aufstieg!»

Er stößt mit mir an: «Schwache Kondition?»

Rudolf ist ein Energiebündel von immerhin plusminus fünfzig Jahren. Es beeindruckt mich jeden Morgen aufs Neue, wie er versucht, sich eine Schneise durch den Kindergartenflur zu schlagen, was ihm an guten Tagen höchstens bis zur Mitte der Strecke gelingt. Denn die meisten Eltern schalten herunter auf Trödelgeschwindigkeit, sobald sie den Kindergarten betreten. Irgendwie kam mir Rudolf von Anfang an bekannt vor. Trotzdem dauerte es eine Weile, bis ich darauf kam. Er hat seine grauen Haare blond gefärbt und trägt neuerdings eine leicht getönte Bille. Und doch ist er Rudolf «Porsche-Geländewagen» aus unserem Geburtsvorbereitungskurs!* Seinen wirklichen Nachnamen habe ich, wie üblich in solchen Duz-Workshops, nie erfahren, obwohl wir dreimal zusammen im Biergarten waren. Damals hatte er gerade mit der zwanzigjährigen Petra (Marke *Douglas*-Verkäuferin) eine neue Familie gegründet.

Kaya rennt zu ihrem Kindergarten-Kumpel und reißt ihm den Gabelstapler weg. Zum Glück ist Michel bestens auf solche Attacken vorbereitet: Er geht ungerührt zur Tasche seines Vaters, zieht einen zweiten, viel besseren Gabelstapler heraus, und alles ist gut. Kaya staunt.

Rudolf und ich trinken Bier und schauen stumm in die Landschaft. In der Ferne erkennt man die wichtigsten Hochhäuser und Kirchen der Stadt. Direkt unter uns liegt ein kleiner Baggersee, in dem man nicht baden darf (woran sich kaum einer hält, besonders heute nicht, am Vatertag). Sein Ufer ist ein beliebter Treff- und Sammelpunkt für die vatertagsüblichen Saufgruppen. Mindestens vier Dutzend Männer

* Vgl. Nebe, Volkmar, «Allein unter Spielplatzmüttern», Seite 123 ff.

grölen durcheinander und zelebrieren ein Ritual, das wahrscheinlich Jahrtausende alt ist: Mit den ersten Sonnenstrahlen entblößen alle, unabhängig von ihrer Speckigkeit, ihre winterweißen Oberkörper.

«Klar, dass ich am Vatertag den Kleinen aufs Auge gedrückt kriege», beschwert sich Rudolf und nimmt einen langen Schluck aus seiner Flasche. «Weißt du, wo Petra jetzt ist? Beim Tennis! Danach geht sie voltigieren! Wegen so 'nem Scheiß muss ich heute babysitten. Wahrscheinlich bin ich selber schuld. Wie kann man mit 47 eine 20-Jährige heiraten? Kannst du mir das mal sagen?»

Rudolf hat ganz klar Gesprächsbedarf. Zum Thema Frau und Kind fällt ihm einiges ein. Mit seiner ersten Frau hat er bereits sechs erwachsene Kinder, dazu kommen *Douglas*-Petra und der kleine Michel.

Ich versuche ihn aufzumuntern: «Michel freut sich bestimmt, dass er heute mit seinem Vater zusammen ist.»

«Wir sind doch nur noch wegen dem Kleinen zusammen. Jeder schläft in seiner Koje, und anfassen tun wir uns schon lange nicht mehr. Letztens bin ich Petra auf dem Flur begegnet, dabei haben wir uns am Arm gestreift, das war uns beiden richtig unangenehm.»

Ich sehne mich nach den Männern ohne T-Shirt unten am See, die einfach saufen und dumme Sprüche klopfen – das klassische Vatertagsprogramm halt. Ich weiß, dass es ungerecht ist, weil Jette und ich glücklich sind, aber Rudolfs Meine-Frau-versteht-mich-nicht-Geschichten interessieren mich *ü-ber-haupt* nicht.

«Seit wann lebst du eigentlich getrennt?», fragt Rudolf.

«Ich?»

«Im Kindergarten habe ich noch nie eine Mutter bei Kaya gesehen.»

«Weil die gerade in Berlin arbeitet. Wir sind nicht getrennt.»

Er ist entsetzt: «Und *du* machst den Hausmann? Mit allem Drum und Dran?»

«Ja.»

«Respekt, das könnte ich nicht.»

«Heute Nachmittag kommt Jette wieder, sie hat sich ein paar Tage frei genommen.»

Ich habe zu Hause alles vorbereitet, inklusive Champagner und frischem Bettzeug.

«Ich habe auch mal eine Zeit lang in Berlin gearbeitet», orakelt Rudolf, «daran ist meine erste Ehe kaputt gegangen.»

Na, vielen Dank!

«Es ist nur für kurze Zeit, das überleben wir locker», beruhige ich ihn und mich: «Und jetzt kein Wort mehr über Frauen, ja?»

«Von Frauen verstehst du sowieso nichts.»

«Woher willst du das wissen?»

«Bei der Geburtsvorbereitung hast du eine derartig schlechte Figur gemacht», erinnert sich Rudolf. «Das sehe ich noch genau vor mir!»

Bloß weil ich beim Diskussionspunkt «Inkontinenzprobleme in der Schwangerschaft» kurz losgeprustet habe …

«Du hättest *dich* mal sehen sollen!»

Das ist der angemessene Ton für einen Vatertag – endlich!

«Aber wir sind ja nicht bloß wegen der schönen Aussicht hier», erinnert mich Rudolf.

Da hat er recht: «Also, wer zuerst …?»

«Ich», verlangt Rudolf.

Ich gebe gerne nach und folge ihm zum steilsten Hang des gesamten Müllbergs.

Bobby-Cars gibt es seit fast vierzig Jahren, seitdem hat kaum ein Kind in Deutschland nicht schon auf einem gesessen. Es gibt sie mit Anhängern, mit «Flüsterrädern» (für drinnen) und gebraucht auf jedem Flohmarkt. Heute hat mir Peter Schleuning den Porsche unter den Bobby-Cars überlassen. Getuned haben ihn ein paar Väter im Sauerland, unter anderem ein Schwager von Schleuning. Sie haben Stahlplatten unter die Wagen geschraubt, den Korpus mit Sand gefüllt und ihn mit Gewichten beschwert. Jetzt fahren sie Rennen auf Rodelpisten.

Peter Schleuning ist also nicht nur jüngster Vorsitzender eines Kleingartenvereins, sondern auch Vorsitzender des norddeutschen Bobby-Car-Verbandes, und er setzt alles daran, ein offizielles Rennen in Hamburg zu etablieren. Ich soll das Gefährt mit möglichst vielen Fahrern testen und werbewirksam darüber schreiben, weil er dringend Sponsoren sucht. Tja, und darum sind wir hier.

Rudolf stülpt einen Jet-Helm in olivgrüner Tarnfarbe über, darauf steht in Sütterlinschrift: «Steppenwolf». Ein Bulle wie er – ehemaliger Harleyfahrer – macht sich phantastisch auf dem koffergroßen Gefährt.

«Also los!» Rudolf bringt das ferarrirote Bobby-Car in Position. Kaya und Michel spielen abseits ganz friedlich mit Puppen und Gabelstaplern.

«Kaya! Michel!», rufe ich.

«Was ist?»

«Rudolf fährt!»

«Wir spielen!»

«Wollt ihr nicht gucken?»

Gelangweilte Gesichter: «Wir spiiiielen!»

«Passt du auf Michel auf?», bittet Rudolf. Seine Stimme klingt gepresst. Kein Wunder: Im Winter rodeln hier nur die

Mutigsten, auf vierzig bis fünfzig Sachen wird er's schon bringen, nehme ich an.

«Ich werde ihn großziehen, falls es schiefgeht», verspreche ich.

Rudolf grinst tapfer, nimmt Anlauf und schießt über die Kante. Nach ein paar Metern im freien Fall schlägt er hart auf und muss sich weit nach hinten lehnen, damit der Wagen nicht ausbricht. Das Ding entwickelt ein unglaubliches Tempo. Mir wird schon beim Zusehen schlecht. Rudolf rast mitten durch eine Gruppe nackter Oberkörper und weiter, bis an das Ufer des Sees.

Als Steppen-Rudolf mit dem tonnenschweren Bobby-Car auf dem Arm zurückkommt, ist er schweißüberströmt. Und total begeistert. Unsere Kinder haben wir fast vergessen, sie spielen weiter hinten einvernehmlich Fußball oder jedenfalls das, was sie dafür halten.

«Jetzt bist du dran!» Rudolf bringt das Bobby-Car in Position.

«Es ist mir viel zu steil, wenn ich ehrlich bin.»

«Als Reporter solltest du sowieso aufpassen!»

«Warum?»

«Der Beruf mit der schlechtesten Versicherung», rülpst Rudolf und köpft ein zweites Bier.

«Bisher hat mich noch kein Arzt weggeschickt.»

«Was ist mit Berufsunfähigkeit?»

«Bist du Versicherungsvertreter, oder was?»

Rudolf schüttelt heftig den Kopf: «Bist du wahnsinnig? Ich bin Versicherungs*makler*. Da kann ich unter allen Versicherungen die günstigste für meine Kunden raussuchen.»

«Du meinst die, bei der du am meisten Provision bekommst!»

Rudolf nimmt seine Sonnenbrille ab und schaut mir direkt

in die Augen: «Ich hatte vor Jahren mal einen Reporter, der war ungefähr in deinem Alter und ist auf einem Bootssteg ausgerutscht ...»

Vertreter haben immer solche Geschichten drauf ...

«... seitdem sitzt der im Rollstuhl. Der hat das letzte Mal gelächelt, als es noch die Deutsche Mark gab.»

«Ich arbeite ja überwiegend am Schreibtisch.» Das stimmt zwar nicht. Aber an Rudolfs Märchen vom querschnittsgelähmten Lokalreporter glaube ich genauso wenig. «Solange ich meine Arme noch bewegen kann, geht das alles schon klar.»

Eine Zeit lang bescherte mir mein Karma Versicherungsvertreter in rauen Mengen. Insbesondere auf Urlaubsreisen. Ich erinnere mich noch gut an jenen heiligen Berg in Sri Lanka, den ich mit einem jungen Deutschen im Morgengrauen bestieg. Auf dem Weg zum Gipfel erfuhr ich alles über die Vorteile einer privaten Krankenversicherung, mit und ohne Chefarztbehandlung, mit Zweibettzimmer, ganz individuell auf mich zugeschnitten. Dort, über den Wipfeln der heiligen Urwaldriesen, habe ich die weise Lebensregel aufgestellt: «Bremse den Vertreter am Fuß des Berges, dann wirst du am Gipfel Ruhe haben.»

Nachdem ich Rudolf bestätigt habe, dass ich zwar – wie die meisten Menschen auf diesem Planeten – total unterversichert bin, aber nichts daran ändern will, entspannt er sich: «Dann fahr!»

«Muss nicht sein.»

Ausgerechnet jetzt schiebt Kaya ihren «Lillifee»-Prinzessinnen-Ball (oder «Prinzessin-Lillifee»-Ball – wer weiß das schon genau) mit beachtlicher Präzision über die Hügelkante. Er rollt bis ganz nach unten an den See.

«Holen, holen!», skandieren Kaya und Michel.

Kaya traut sich nicht den steilen Hügel hinunter, was ich

ohnehin nicht erlauben würde. Also muss Papa ran. Wahrscheinlich lande ich als Einziger im See und finde den Ball nie wieder!

Entschlossen setze ich den Steppenwolf-Helm auf und schnappe mir mein Gefährt. Eine Sekunde lang fühle ich mich extrem männlich, im Steppenwolf-Sinn. Doch an der Kante überkommt mich die nackte Angst. Rudolfs Argumente sind nicht so spurlos an mir vorbeigezogen, wie ich es ihm weismachen wollte: Berufsunfähigkeit ist ein hartes Schicksal! Ein falscher Buckel, und ich breche mir die Rückenwirbel – ist es das wert? Sollte ich doch schnell eine Versicherung bei Rudolf abschließen?

«Wat denn nu?» Rudolf baut sich neben mir auf. Er lächelt überlegen, als könne er meine kleinmütigen Gedanken lesen. Wenn er jetzt einen fertigen Vertrag zückt, kriegt er meine Unterschrift, egal, was es hinterher kostet.

Mein Handy erlöst mich mit penetrantem Klingeln. Jette ist dran.

«Soll ich dich mit Kaya vom Bahnhof abholen?», biete ich an. «Wir müssen mit der U-Bahn kommen, der Wagen ist in der Werkstatt.»

Jette stockt: «Ich schaffe es nicht.»

«Wie?»

«Bei uns brennt die Luft!»

«Du kommst *nicht?*»

«Ich finde es selber blöd, aber es geht einfach nicht.»

«Aber du hast letztes Wochenende …»

Rudolf grinst sich einen, was mich extra ärgert.

«Ich weiß.»

«Komm, einen Tag werden die auf dich verzichten können, Jette!»

«Ringstæd fällt länger aus.»

«Was heißt das?»

«Meine Vertretung dauert wahrscheinlich noch ein Vierteljahr. Ich muss eine komplette Quartalsplanung hinlegen.»

Klar, mit Patrick Kieber, dem Stecher! Mein Mund wird trocken.

«Und das erfahre ich so nebenbei am Telefon?»

«Ich hätte es dir gerne persönlich gesagt, aber wir sehen uns leider erst mal nicht.»

«Das heißt, du bleibst auch übers Wochenende in Berlin?»

«Lass uns später darüber reden, ja? – Wie geht es Kaya?»

Ich rufe Kaya, aber sie will nicht mit ihrer Mutter sprechen, sondern weiter mit Michel spielen. Ich gehe zu ihr hin und halte ihr den Hörer ans Ohr. «Hallo Mama, ich spiele gerade», entschuldigt sie sich und ist weg.

«Ich vermisse euch», murmelt Jette geistesabwesend, dann legt sie auf.

Ich setze mich auf das Bobby-Car, das an der Kante auf mich wartet, und stoße mich todesmutig ab. Auch ich werde für einen Moment durch die Luft geschleudert und schlage hart und ungefedert auf. Schneller und immer schneller brettere ich den Hang hinunter. Zwischendurch fahre ich einem Vatertagsbetrunkenen über den Fuß, ohne dass ich das verhindern kann. Der Mann rennt schreiend hinter mir her. Als ich in der Nähe von Kayas «Lillifee»-Ball zum Stehen komme, hat er mich schon eingeholt: ein glatzköpfiger speckiger Mittvierziger mit nacktem Oberkörper und glasigen Augen.

«Hast du sie nicht mehr alle?», brüllt er und geht in eine Kung-Fu-Grundstellung, wenn ich das richtig interpretiere.

«War nicht mit Absicht», entschuldige ich mich.

«Du bist fällig, Digger!» Er brüllt wie ein Tier.

Ich weiß nicht, was ich tun soll. Der ist viel stärker als ich! Hilflos schiebe ich mein Bobby-Car zwischen uns, etwas anderes fällt mir nicht ein, obwohl es lächerlich ist. Der Mann röchelt bedrohlich und holt aus.

Doch sein Schlag erreicht mich nicht; er knickt in den Knien ein und bleibt auf dem Rücken liegen wie ein verunglückter Käfer. Er ist einfach zu betrunken für eine Schlägerei, Glück gehabt!

Erleichtert schnappe ich mir das Bobby-Car und den «Lillifee»-Ball und schleppe alles den Berg hinauf. Es ist an der Zeit, mit Rudolf mal heftig über Frauen herzuziehen, er hatte vollkommen recht vorhin. Jetzt bin ich auf Betriebstemperatur: Jette scheint alles wichtiger, als bei uns zu sein.

Als ich oben bin, lege ich sofort los: «Du hast recht gehabt vorhin, man kapiert es einfach nicht mit den Frauen!»

Rudolf schaut auf seine Uhr.

«Wir müssen», mahnt er. Tatsächlich: Wir haben fast 16 Uhr. Unsere Kleinen schlafen heute ausnahmsweise im Kindergarten. Jette und ich hätten zum ersten Mal seit langem einen Abend ganz für uns gehabt. Ich seufze unwillkürlich, denn ein Abend allein mit Jette ist durch nichts zu ersetzen.

Außer durch Rudolf, vielleicht.

12 | Pyjamas in Berlin

Die meisten Eltern, die am Abend im Kindergarten eintreffen, sind leicht verunsichert – ich auch. Schließlich geben wir zum ersten Mal unsere Kinder für eine ganze Nacht aus der Hand. Wie kommt man überhaupt auf einen solchen Termin, dazu noch am Abend des Vatertags?

Die neue Leiterin des Kindergartens, Frau Gercke, behauptet, es ginge nicht anders. Aber das kann und will ich nicht glauben. Nervös knete ich Kayas Reiserucksack. Die größte Tasche hat selbstverständlich Susanna Holthausen-Karby gepackt. Genauer gesagt handelt es sich um einen kinderzimmergroßen Samsonite-Koffer, randvoll mit Utensilien für sämtliche Eventualitäten (inklusive schwere Naturkatastrophen, die das erste Mal unsere Klimazone heimsuchen könnten). Für die armen Erzieherinnen hat Susanna auf drei engbeschriebenen DIN-A4-Seiten eine umfassende Liste aller Wäschestücke erstellt. Das PS fasst die wichtigsten Gewohnheiten ihres Kindes auf zwei weiteren Seiten zusammen.

Alle Kinder sind total aufgekratzt: Gleich werden ihnen Geschichten vorgelesen, sie dürfen mit Taschenlampen funzeln und ewig lange wach bleiben. Für Kaya ist das so aufregend wie Weihnachten. Die Eltern freuen sich ihrerseits auf freien Ausgang bis zum nächsten Tag, ohne Babysitter.

Außer mir haben sich an diesem Abend alle etwas Besonderes vorgenommen: Constanze, die Perlenkettenmutter mit der Ordnungsschwäche, geht mit ihrem HNO-Gatten ins Konzert (Elton John), Jeremy, der schwarze Baptistenprediger, wird in seiner Gemeinde einen Extra-Gottesdienst abhalten, zu dem er uns herzlich einlädt (nein danke!) – und Ronja, die wildmähnige Mutter von Bradley, seufzt, dass ihr Polizistenmann Roger Nachtdienst hat. Sie will sich einfach alleine vorm Fernseher besaufen (genau wie ich).

«Und jetzt?», fragt Rudolf, nachdem wir unsere Kinder abgegeben haben.

«Ursprünglich wollte ich mit Jette ...», stammele ich frustriert, «aber sie hat abgesagt. Hast du ja mitbekommen.»

«Eine ganz normale, harmonische Fernbeziehung also», spottet er.

«Spar's dir.»

Wir hätten morgen ausgeschlafen und Kaya dann gegen Mittag aus dem Kindergarten geholt, um zu dritt etwas zu unternehmen.

«Komm mit in die Kneipe, wir lassen uns volllaufen», schlägt Rudolf vor.

Er hat recht, eigentlich bietet sich hier die seltene Gelegenheit, um die Häuser zu ziehen. Aber auf Knopfdruck funktioniert das nicht bei mir. Der Champagner, den ich für Jette und mich besorgt habe, steht kalt im Kühlschrank. Ich will heute nichts und niemanden mehr sehen, außer schwachsinnige Gameshows auf dem Bildschirm.

«Ich gehe lieber früh ins Bett», lüge ich.

«Mann, heute hast du kinderfrei!»

«Wenn unser Wagen nicht im Eimer wäre, würde ich jetzt einfach nach Berlin fahren.»

Rudolf donnert mir ohne Vorwarnung seinen Autoschlüssel vor die Brust. Weil ich nicht schnell genug reagiere, fällt der auf den Bürgersteig.

«Jetzt hau schon ab!»

«Häh?»

Rudolf hebt den Schlüssel auf und drückt ihn mir in die Hand. «Wenn du dich beeilst, ist deine Frau noch nicht im Bett, wenn du in Berlin ankommst.»

«Du meinst …?»

«Ich kann das Elend nicht mehr mit ansehen. Wir treffen uns morgen um vier vor dem Kindergarten, um die Blagen einzusammeln.»

«Danke.»

Schon die Vorfreude fühlt sich an wie Tanzen.

Die längste Zeit waren Autos für mich reine Vernunftsache. Sie sollten mich und meine Liebsten sicher und günstig von A nach B bringen und auch etwas transportieren können. Darum besorgten Jette und ich einen neun Jahre alten, weißen Nissan, der praktisch unverkäuflich und entsprechend billig auf dem Hof eines Händlers stand (kein Mensch kauft ein altes weißes Auto – niemand, außer uns).

Als ich am Horner Kreisel auf die A 24 nach Berlin abbiege, trete ich das Gas durch, der Porsche faucht und macht einen beachtlichen Satz nach vorne. Unglaublich bei seinem Gewicht! Unglaublich auch: die digitale Verbrauchsanzeige im Armaturenbrett – so viel benötigt normalerweise ein vollbesetzter Linienbus bei der Anfahrt an einem steilen Berg. Ich muss mich über mich selber wundern. Autos und Straßen zerstören unseren Lebensraum, Abgase überhitzen unseren Planeten, darf man da noch autobegeistert sein?

Viele Uni-Professoren, die ich in meiner Zeit als Klavierverkäufer kennengelernt habe, sind in diesem Punkt meine

Vorbilder geworden. Für sie waren Mercedes-Fahrer der Klassenfeind und Mercedesse spritschluckende Fossilien – ganz zu schweigen von der unheiligen Allianz des Konzerns mit der Rüstungsindustrie, von Atomkraftwerken und der Ausbeutung der so genannten Dritten Welt. Deshalb fuhren sie Volvo oder Saab. Gegen einen Volvo-Kombi oder ein Saab-Cabrio moserte niemand, obwohl die teilweise deutlich mehr Sprit verbrauchen als ein Benz. Und mit wem die verbandelt waren, wusste kein Mensch, weil keiner Schweden so richtig kannte. Selbst auf dem Höhepunkt der Anti-Atomkraft-Bewegung erregte ein «Atomkraft-nein-danke»-Aufkleber auf der Heckklappe eines alten, eckigen 200-PS-Volvos, der fünfzehn Liter auf hundert Kilometer soff, keinen Widerspruch.

Egal, der Porsche Cayenne ist ja nicht mein Wagen, und dies ist eindeutig ein Notfall. Ich rase ohne Gewissensbisse mit Höchstgeschwindigkeit über die mecklenburgischen und brandenburgischen Autobahnen. Nur noch zwei Stunden bis Jette! Die Sonne verschwindet als roter Feuerball hinter einer grauen Wolkendecke. Ich sitze hoch und erhaben über der Piste, wie auf der Empore einer kleinen Kapelle. Rehe und Hirsche huschen in der Abenddämmerung über die weiten Felder und verschwinden in dunklen Waldstücken, die mir unendlich vorkommen, wie in den Grimm'schen Märchen.

Viel schneller als erwartet taucht aus dem Dunkel die Hauptstadt auf. Auf der Prenzlauer Promenade fahre ich die Scheiben herunter und öffne das Schiebedach – es riecht nach Süßwasser und ist viel wärmer als in Hamburg. Die Außentische an den Straßen sind voll besetzt. Ich halte an einer dichtumlagerten Dönerbude und rufe Jette an.

«Ja?»

Im Hintergrund tost ein irrsinniger Lärm.

«Hier ist Torben, wo steckst du denn?»

«Im Eckstein.»

«Mit Patrick?»

«Ja, wieso?»

Das wirst du gleich sehen, mein Schatz!

«Jette ...?» Ich halte meine Hand vor den Hörer: «Die Verbindung ist schlecht, ich kann dich nicht mehr hören. Ich rufe später nochmal an.»

Ich lege auf und tippe «Eckstein» in den Bordcomputer. Das Navigationssystem verspricht, dass die Kneipe bei der gegenwärtigen Verkehrslage in zehn Minuten zu erreichen sei. Tatsächlich stehe ich eine Viertelstunde später vor einem Copyshop in der Pappelallee. Schräg gegenüber, auf der anderen Seite der Kreuzung, liegt besagtes Eckstein – eine etwas altmodisch eingerichtete, unaufdringliche Eckkneipe mit großer Fensterfront. Eine gelbe Straßenbahn fährt vor und versperrt mir kurz die Sicht, sie ist mit IKEA-Werbung beklebt (kann das ein Zufall sein?). Als sie quietschend weiterfährt, spüre ich dreimal ein deutliches Zucken im Magen. Zack! Da steht Jette am Tresen. Sie hat ihre blonden Haare hinten zusammengesteckt und trägt einen ihrer perfekten dunkelblauen Hosenanzüge. Zack! Das zweite Mal zuckt es, als ich den ekligen Mann neben ihr am Tresen ausmache (das kann nur Patrick Kieber sein), und – zack! – ein drittes Mal, als Jette herzlich über etwas lacht, was dieser Ekeltyp gerade gesagt hat.

Patrick Kieber ist etwas jünger als ich und hat seine extrem enge Jeans mit einem noch engeren weißen T-Shirt kombiniert. Vermutlich soll das seinen sonnenbankgebräunten Bizeps betonen. Ich weiß nicht, worüber ich mehr entsetzt sein soll, über ihn oder dass Jette so etwas wie ihn gut findet. Dank Popeye weiß ich zum Glück mehr über Patrick, als ihm lieb sein kann. Siebzigtausend Miese und eine verschleppte Hodenentzündung – ich habe nicht wenig gegen ihn in der Hand! Allerdings stehe ich auf gefährlichem Grund: Wer die intimen Schwachstellen seines Gegners kennt, nutzt das auch aus. Und die dümmsten Aktionen auf dieser Welt werden aus Eifersucht begangen – da werde ich keine Ausnahme sein.

Fazit: Ich hätte gar nicht kommen dürfen!

Bedrückt schleiche ich zurück zum Porsche-Cayenne: In zwei Stunden könnte ich wieder in Hamburg sein, und nichts wäre passiert. – Vollkommener Quatsch, nun bin ich hier und habe die beiden durch die Scheibe gesehen. Also rein!

Jette sitzt mit dem Rücken zu mir, und Patrick Kieber stiert mich ablehnend an. Wahrscheinlich hält er mich für einen Irren, der sich an seine Begleitung ranmachen will. Ich halte Jette von hinten die Augen zu und sage leise: «Raten ...!»

Patrick ist kurz davor, sich zwischen uns zu werfen.

«Joachim? Dirk? ...»

Ich hoffe sehr, sie meint es als Witz, und nehme rasch meine Hände von ihren Lidern, bevor noch was richtig Schlimmes kommt.

Jette hält sich entsetzt die Hand vor den Mund. «Ist was mit Kaya?»

«Ist das eine Begrüßung?»

«Wo ist sie?»

«Im Kindergarten.»

«Um diese Zeit?»

«Schon vergessen? Sie übernachtet dort.»

«Und wenn was ist ...?»

« ... habe ich mein Handy dabei.»

«Und dann bist du in fünf Minuten da?»

Patrick genießt es spürbar, uns streiten zu sehen. Je heftiger es zur Sache geht, desto schneller ist er wieder mit Jette allein. Darauf würde ich an seiner Stelle auch setzen.

Jette stellt uns vor: «Ach so, das ist Patrick – Patrick, das ist Torben, mein Lebensgefährte.»

Patrick zerquetscht mir beim Händedruck fast die Finger. Aus Rache gehe ich gleich in die Vollen: «Na, was machen die Genitalien? Schon einen Fruchtbarkeitstest gemacht?» Dann senke ich meine Stimme: «Wann willst du eigentlich Insolvenz anmelden, mein Lieber? Siebzigtausend Miese! Du bist erledigt, Freundchen! Das kriegst du mit legalen Mitteln nie wieder hin.»

Natürlich sage ich das *nicht*! Stattdessen lächle ich nett: «Schön, dich mal kennenzulernen. Du bist also der Kollege von Jette.»

Inzwischen bezweifle ich, ob Popeye mir die Wahrheit gesagt hat. Warum sollte er an Annes Kontodetails scheitern, mir aber den gläsernen Patrick Kieber präsentieren können?

Ich bestelle ein großes Hefeweizen. Patrick rückt viel zu nah an Jette heran und legt seinen Arm besitzergreifend hinter ihr auf den Tresen. Eine Frechheit! Er macht auch keine Anstalten zu verschwinden. Kann er sich nicht denken, dass wir alleine sein wollen?

Jette scheint das nicht zu stören. Sie lacht laut und herzlich über seine faden Witzchen, über die ich nicht mitlachen kann, weil es Insider-Gags aus der Firma sind. Ich zwinge mich zu einem freundlichen Dauergrinsen, um die Stimmung nicht zu vergiften. Patrick hat sich am Nachmittag einen rubinroten Seidenpyjama gekauft, den er in einer Designerladentüte mit sich herumträgt und uns stolz präsentiert. Mal ehrlich, wer kauft schon Seidenpyjamas im Designerladen?

«Berliner behaupten ja immer, dass man hier im Pyjama in jede Kneipe gehen kann», erinnere ich mich.

«Das stimmt auch», bestätigt Patrick. Er ist gebürtiger Westberliner, mit Betonung auf «West», wie er gerne extra laut in Ostberliner Kneipen wie dem Eckstein verbreitet. Zum Glück interessiert das kaum jemanden hier.

«Quatsch!»

«Die Leute würden nicht gucken, wenn ich hier im Schlafanzug säße, wetten?»

«Von mir aus. Um die nächste Runde.»

Endlich wird das mal geklärt. Ich kann die Legende über Pyjamas in Berliner Kneipen nicht mehr hören, sie wird als Gütezeichen dieser Stadt gehandelt. Motto: Hier kannst du sein, wie du willst, jeder lässt dich. Gleichzeitig dient sie zur gezielten Herabwürdigung aller anderen europäischen Städte, in denen man das eben angeblich nicht könne.

Patrick verzieht sich mit seiner Seidenpyjamadesignertüte in Richtung Toiletten. Endlich können Jette und ich uns ungestört küssen.

«Soll ich zahlen?», wispere ich.

«Noch ein bisschen, ja?»

«Dreißig Sekunden?»

«Mensch, du hättest auch anrufen können.»

«Habe ich doch.»

Nach erstaunlich kurzer Zeit stolziert Patrick im rubinroten Seidenpyjama auf uns zu. Die enge Jeans und das engere T-Shirt befinden sich nun in der Tüte aus dem Designerladen. Er setzt sich gelassen neben uns an den Tresen. Tatsächlich guckt keiner – was daran liegt, dass der Designerpyjama geschnitten ist wie ein – nun ja – lässiger Designeranzug.

«Na?», triumphiert er. «Mach das mal in Schnösel-Hamburg!»

«In solchen Pyjamas gehen die Leute in Hamburg auf den

Ball der Handelskammer», behaupte ich und bereue es sofort, weil es verdächtig nach schlechtem Verlierer klingt.

«Wohl kaum.»

«Wette?»

«Wie soll die aussehen?»

Mist, ich habe mich hinreißen lassen. Wenn ich darauf bestehe, und das ist eine Frage der Ehre, müsste ich so etwas vorschlagen wie: «Du kommst nächstes Wochenende mit Jette nach Hamburg, und wir probieren das aus.»

Selbstverständlich würde ich mir eher die Zunge chirurgisch entfernen lassen, als ihm so etwas anzubieten!

«Schreib mir die Marke von deinem Pyjama auf, Jette macht dann Fotos von meinem Auftritt in einer Hamburger Kneipe.»

In was reite ich mich da bloß rein? Ich würde das niemals tun! Vielleicht könnte Iris Harms mich auf einem Foto digital in eine Kneipenszene hineinbasteln …

«Ich will nicht, dass du dir derartig schadest», dröhnt Patrick herablassend.

«Überall kannst du diese Nummer auch in Berlin nicht abziehen», mosere ich.

«Doch!»

Patrick ist in Siegerlaune und bestellt dröhnend eine Runde Champagner: «Der geht auf dich, mein Lieber!»

Na ja. Wenigstens habe ich nur *sieben* und nicht *siebzigtausend* Miese!

Patrick schwitzt aus allen Poren, so sehr freut er sich. Bin ich ein schlechter Verlierer, weil ich ihm am liebsten eine reinhauen würde?

Plötzlich steht ein zierlicher dunkelhäutiger Mann mit einer glänzenden Glatze neben uns, ein Inder oder Pakistani: «Foto?»

Er reißt eine Polaroidkamera hoch, und ohne unsere Antwort abzuwarten, drückt er auf den Auslöser. Ein Blitz huscht über unsere Gesichter.

Patrick friert bewegungslos ein. Danach ist er vollkommen verwandelt, sein Gesicht zur Fratze erstarrt. Er sieht aus, als versuche er gerade mit aller Kraft einen festsitzenden Marmeladendeckel aufzubekommen. Dann stürzt er sich wie ein Irrer auf den kleinen Mann, reißt ihm die Polaroidkamera aus der Hand, zieht das unfertige Bild heraus und zerreißt es auf Höhe seiner durchtrainierten Brust in unzählige Schnipsel.

«So etwas kann einen die Karriere kosten!», tobt er. «Wenn man im Marketing arbeitet, darf man sich nicht lächerlich machen!»

Der arme Fotograf versteht das nicht: «War gutes Foto.»

«Nein, nix gut Foto, verstehen?»

«Doch, gutes Foto!»

«Kapierst du nicht – Marketing!», brüllt Patrick.

Der Pakistani-Inder verzieht sich sicherheitshalber. Patrick versucht so zu tun, als sei nichts gewesen, und drängt uns ein Gespräch über die allgemeine wirtschaftliche Lage auf, die er angeblich kompetent beurteilen kann. Wir springen nicht so recht darauf an, weil es uns immer noch nervt, wie er mit dem Fotografen umgesprungen ist.

Pyjama-Patrick redet und redet, merkt aber immerhin, dass er kein Bein mehr auf den Boden kriegt. Sein Ausstieg ist durchschaubar: Er ruft die Mailbox auf seinem Handy an und behauptet, er habe ein Date vergessen und müsse ganz dringend los.

«Dann kann ich ja froh sein, dass wir nicht nur zu zweit unterwegs waren», bemerkt Jette kühl. «Sonst säße ich jetzt alleine hier.»

Pyjama-Patrick ruft nach der Rechnung. Jette bezahlt alles

zusammen, und wir springen nach einer kurzen Verabschiedung in Rudolfs Porsche Cayenne.

An der Ecke Pappelallee / Danziger Straße blitzt der karmesinrote Patrick kurz im Licht unserer Scheinwerfer auf. Ich hupe freundlich. Doch er beachtet uns gar nicht. Er ist ganz ins Gespräch mit zwei Polizeibeamten vertieft – von denen einer gerade seine Personalien aufzunehmen scheint. Tja. Offenbar sind die Zeiten vorbei, als man in Ost-Berlin noch ohne Aufsehen zu erregen im Seidenpyjama herumstrolchen konnte.

13 | Süßwasser

Jette und ich fahren mit dem Porsche-Geländewagen vom Prenzlauer Berg nach Moabit.

«Netter Typ, dieser Patrick», lüge ich.

Wir müssen beide lachen.

«So ein Spießer!»

Nichts anderes will ich hören!

Das Navigationssystem leitet uns direkt zum Wikingufer, wo Jette wohnt. Jette überredet mich, dass ich den Wagen ein paar Straßen weiter an der Spree abstelle. Es wird immer wärmer in der schwülen Frühsommernacht, der Fluss riecht schon nach August.

«Schön, dass du da bist», flüstert Jette.

«Ich habe es nicht mehr ausgehalten.»

«Es ist immer einfacher, wenn man geht, als wenn man zurückbleibt», gibt sie zu.

«Das heißt, du freust dich nicht so sehr auf mich wie ich mich auf dich?», frotzle ich, als sei die Frage nicht ernst gemeint.

«Quatsch.»

Was soll sie auch anderes sagen?

«Ich freue mich aber mehr als du», behaupte ich.

«Nein, ich!»

Dann küssen wir uns. Als wir uns voneinander lösen, sehe ich im Schein einer Straßenlampe, wie müde und gestresst Jette aussieht. Aber auch schön und begehrenswert. Auf der Fußgängerbrücke am Wullenwebersteg bleiben wir stehen und schauen ins dunkle Flusswasser hinunter. Die Lichter der Stadt spiegeln sich in seiner funkelnden Oberfläche. Dann führt mich Jette zu einem dunklen Uferweg, der von der Straße abzweigt und in einen einsamen Trampelpfad direkt am Wasser mündet. «Es ist eine Abkürzung», verspricht sie.

Ich finde diesen Spaziergang vollkommen überflüssig, ziellos umherirren kann ich auch ohne sie. Ich möchte ihr nahe sein, am liebsten sofort, notfalls auch hier draußen.

An einer einsamen Stelle hinter der Flussbiegung sitzen ein paar Jugendliche auf einer Bank, unheimlich angeleuchtet von den grellen Scheinwerfern der Mercedes-Vertretung am gegenüberliegenden Ufer. Ich sehe die Glut ihrer Zigaretten aufglimmen. Es riecht nach Marihuana.

Jette denkt, ich sei unsicher, und will mich beruhigen: «Die habe ich schon öfter hier gesehen. Die klauen nicht mal einen Laptop, wenn man ihnen den quasi auf den Schoß legt.»

«Glaubst du etwa, ich habe Angst?»

Wo doch sogar Kindergartenmuttis wie Constanze hin und wieder kiffen!

Gut, diese Jugendlichen sehen auf den ersten Blick nicht aus wie Medizinergattinnen, aber erstens kann man sich da täuschen, und zweitens ist es egal.

Noch bevor wir die Jugendlichen erreicht haben, springt einer von ihnen auf und stellt sich uns in den Weg. Sein Gesicht ist in der Dunkelheit kaum zu erkennen: «Habt ihr Kohle?»

Bettelt der, oder läuft das auf einen Raubüberfall hinaus? Sein Tonfall lässt beide Optionen offen. Verdammt! Um Hilfe schreien nützt nichts, hier ist weit und breit kein Mensch.

«Freund oder Feind?», brülle ich ihn beherzt an.

Er ist total verblüfft.

«Äh, Freund. Zehn Euro genügen.»

Weil er sehr bekifft ist, reagiert er verlangsamt, das macht mir Mut zum Widerstand. Andererseits wäre es schwachsinnig, für zehn Euro unser Leben zu riskieren. Ich fummle mit dem Porscheschlüssel in meiner Hosentasche herum, den werde ich ihm als Nächstes in die Nase rammen!

«Lass das», nuschelt einer seiner Kumpels, und er wankt prompt zurück.

Wir gehen weiter, Jette ist vollkommen fertig, ich eher sauer: «Denen kann man seinen Laptop in den Schoß legen?»

«Dachte ich.»

«Mann, das war knapp!»

«Torben, das war ein Überfall, oder?»

«Es ist ja nix passiert.»

«Lass uns bloß schlafen gehen.»

In Gefahrensituationen schaltet mein Hirn auf Autopilot, erst ein paar Minuten später erreicht die Panik mein Großhirn: Diese Typen hätten uns töten können, beide Elternteile auf einen Schlag! Kaya wäre in ein Heim gekommen! Plötzlich bekomme ich einen Schweißausbruch am ganzen Körper, ich kann kaum noch geradeaus gehen bei diesem Gedanken. Mein Leben läuft für einen Moment rückwärts: Patrick im Pyjama, mit dem Bobby-Car den Müllberg hinauf, Eltern mit Budni-Karte, Popeye, die nackte Piercing-Anne, Schwella und die CIA, Engtanzen mit Rosa, IKEA. – Das alles wäre in diesem Moment unwiderruflich ausgelöscht worden. So muss es sein, wenn man stirbt, denke ich und klammere mich an den einzig möglichen Trost: Lebe ab jetzt jede Minute ganz bewusst, Torben!

Klingt weise, nur hat das leider kaum jemand dauerhaft durchgehalten. Spätestens, wenn du das dritte Mal hintereinander den Einkaufswagen erwischt hast, bei dem ein Rad klemmt, ist jedes *Genieße jeden Tag* wieder im Eimer!

Als wir vor Jettes Haus stehen, bin ich wieder einigermaßen auf Normalnull. Ihre kleine Einzimmerwohnung liegt direkt an der Spree, ist aber ansonsten recht schlicht: ein kleiner Flur mit Einbauschrank, ein 20-Quadratmeter-Zimmer mit Schlafcouch, daneben eine winzige Küche.

Jette öffnet die großen Fenstertüren zum Fluss, das Licht lässt sie aus. Wir lassen uns erschöpft aufs Bett fallen. Draußen legt sich ein warmer, gleichmäßiger Sommerregen über die Stadt, schwere Tropfen perlen an den sattgrünen Blättern ab, der ferne Autoverkehr erinnert an Meeresrauschen.

Der Regen überzieht die Straßen mit silbernem Glanz. Wasserbäche fließen in weitverzweigten Rinnsalen über die Gehsteige in die Gullys, in den Mulden bilden sich kurzzeitig tiefe und flache Pfützen. Ich bin froh, in einer Klimazone zu leben, in der es oft regnet, das Rauschen lässt mich jedes Mal aufs Neue ganz zur Ruhe kommen.

Jette und ich liegen eng beieinander im Bett, ihre warme Nase drückt leicht gegen meinen Hals. Meine Finger wandern über ihren Körper, sie kennen ihren Weg, den Jette so gerne mitgeht. Heute fühlt sich alles ganz neu an, als lernten wir uns gerade erst kennen. Wir nehmen uns unendlich viel Zeit, bevor wir uns gehenlassen. Dann schlafen wir tief und fest. Gegen Morgen weckt mich Jette, und wir fangen noch einmal von vorne an …

14 | Scheidungskind

Kaum vorstellbar, dass du einen echten Porsche unter dem Hintern hast und nicht schneller als 130 fährst. Einige Kleinwagenfahrer beäugen mich beim Überholen sorgenvoll von der Seite, ob alles in Ordnung sei. Ich zuckele über die Autobahnen, durch Brandenburg und Mecklenburg und zurück nach Hamburg, genieße dunkle Wälder, riesige Felder, kleine Dörfer und himmelgroße Windräder am Rande der Strecke. Überall steht in riesigen Lettern «Jette». In den gelben Rapsfeldern ist ihr Name in Blütenform eingepflanzt. Von wegen Krise! Fernbeziehungen können die Liebe sogar noch verstärken. Wenn Jette wieder nach Hamburg kommt, wird sich alles frisch und neu anfühlen, wie am Anfang.

Ich parke den Porsche-Geländewagen pünktlich und vollgetankt vor dem Kindergarten. Rudolf wartet schon am Eingang.

«Na, wie war's?», fragt er schmierig grinsend und macht die international gebräuchliche Geste für Sex.

Ich bin ihm echt dankbar für den Wagen, aber das ...?

«Der Wagen war spitze!»

«Ihr habt im Wagen ...?»

«Vielen Dank, das war supernett von dir.»

«Ich komme mir vor wie eine Puffmutter», dröhnt Rudolf, als Susanna Holthausen-Karby in Hörweite an uns vorbeigeht. «Aber für dich ...»

Es kostet eben alles seinen Preis.

Rudolf muss zum Glück gleich wieder weg, sodass wir das Thema nicht vertiefen können. Kaya stürmt auf mich zu, ihre Locken fliegen wild durcheinander. Wir umarmen uns lange. Aufgeregt berichtet sie von den Abenteuern der Nacht: «Da waren Gespenster in der Gardine, aber Gespenster gibt es nicht in echt, oder?»

«Nee, weißt du doch. Neben wem hast du denn gelegen?»

«Cornelius.»

Dem Sohn von Susanna? Das hätte ich gerne verhindert. – Okay, das ist ungerecht, Cornelius kann nichts dafür. Und trotzdem ...

«Stell dir vor, ich war bei Mama. Sie kommt bald und freut sich ganz doll auf dich.»

«Wieso durfte ich nicht mit?»

«Das ging nicht.»

«Wieso?»

«Du warst ja im Kindergarten.»

«Wieso?»

Ramona begrüßt mich mit leichenbitterer Miene, hinter ihr taucht Piercing-Anne auf, sie sieht übernächtigt aus und bedeutet mir irgendetwas mit den Händen, das ich nicht verstehe.

«Ich muss mit dir reden», eröffnet mir Ramona.

«Worum geht es denn?»

«Du, lass uns das im Beisein von Frau Gercke besprechen, ja?»

Frau Gercke ist die neue Leiterin der Einrichtung, ich habe ihr nur einmal flüchtig die Hand geschüttelt.

«So schlimm?», lächle ich.

Kaya klammert sich glücklich an mein Bein und strahlt: «Paaaapaaa!»

Ich strahle zurück und drücke sie an mich: «Kayyyaaaaa.»

«Papa, wieso konnte ich nicht mit zu Mama?»

So viel Hartnäckigkeit sollten Journalisten in schwierigen Interviews mal beweisen. Ramona schaut betreten zur Seite.

«Was ist denn los?», muntere ich sie auf. «Kaya sieht pumperlgesund aus, so dramatisch kann's ja wohl nicht sein, oder?»

Im Moment habe ich mehr als genug Energie – von der kann ich Ramona gerne etwas abgeben. Sie sieht aus, als könnte sie's gebrauchen. Kein Wunder: Seit fünfzehn Jahren verbringt sie jeden Tag in dieser Einrichtung, hat wer-weiß-wie-viele Kayas betreut und nie wieder gesehen. Dass sie ihnen wichtige Impulse fürs spätere Leben gegeben hat, erfährt sie nie. Deswegen möchte ich ihr meine Dankbarkeit zeigen und sie aus ihrer Niedergeschlagenheit reißen.

Ramona schickt Kaya zurück in den Gruppenraum zu den anderen Wühlmäusen. Eine halbe Minute später sitzen wir mit der stämmigen Frau Gercke an einem Tisch mit roter Leinendecke. Darauf steht eine weiße Suppenterrine, ein faustgroßes Stück am oberen Rand ist herausgebrochen, und die unregelmäßigen Kanten sehen gefährlich scharf aus. Die Terrine ist randvoll mit Bonbons. Noch. Denn Frau Gerckes Verbrauch ist enorm: Sie wirft sich gleich drei betonharte Brocken in den Mund und zermalmt sie äußerst effektiv innerhalb von zwei Sekunden, um sie dann hastig zu schlucken (die muss entweder hervorragende Zähne oder Titankronen haben!). Mir bietet sie keinen an.

«Kaya hat sich in der Nacht eingenässt», beginnt Ramona in weinerlichem Ton.

«Oje», antworte ich bestens gelaunt, ich rieche noch immer Jettes Parfüm auf meiner Haut.

«Kommt das häufiger vor?», bohrt Frau Gercke nach.

«Alle paar Wochen geht das mal schief. Das ist ja normal, sonst klappt es super.»

Jette sah im Gesicht etwas älter aus, als ich sie in Erinnerung hatte, das werde ich ihr lieber nicht sagen. Obwohl es ihr hervorragend steht.

«Nicht häufiger?»

«Nein. – War's das?»

Gleich im Auto drehe ich die Musik bis zum Anschlag auf und singe laut mit, während wir zum Strand fahren – das wird Kaya gefallen!

«Leider nein.» Frau Gercke seufzt theatralisch, während sie krachend zwei weitere Bonbons zermalmt. «Ihre Tochter hat ein anderes Kind gebissen.»

«Dafür ist sie hoffentlich ausgeschimpft worden», lächle ich fröhlich. Warum sollte ich meine gute Laune verbergen?

«Darum geht es nicht.»

«Sondern?»

Ich kann mich kaum auf das Gespräch konzentrieren, so sehr vibriere ich innerlich, Ramonas klagende Stimme dringt kaum zu mir durch: «Kaya ist in der Nacht schweißnass aufgewacht, hat geweint und sich kaum beruhigen lassen.»

«Na ja, es war die erste Nacht außerhalb ...»

Die Eingewöhnung ist erst eine Woche her, da ist es doch geradezu unglaublich, wie selbstverständlich sie hier schläft.

«Jedes für sich kommt schon mal vor, aber alles zusammen scheint mir doch auffällig», greint Frau Gercke.

Jetzt stehen wir am Scheidepunkt. Wenn ich ernsthaft auf Ramona und Bonbon-Gercke eingehe, wird sich alles

Schöne und Gute, das ich mit Jette in Berlin erlebt habe, verflüchtigen!

«Manchmal kommt eben alles zusammen.»

Ich habe nicht vor, den beiden haarklein auszureden, dass Kaya gestört ist. Ganz einfach, weil sie es *nicht* ist.

«Herr Heydorn, Kaya hat uns erzählt, dass Sie und Ihre Frau sich getrennt haben.»

Ich lache laut los: «Waaas? Das ist ja klasse!»

Ramona zieht ihr Gesicht in Sorgenfalten: «Kaya scheint das nicht so gut zu verkraften.»

Frau Gercke zerkaut einen weiteren Bonbon und macht auf verständnisvoll: «Herr Heydorn, das ist doch kein Beinbruch! 50 Prozent aller Ehen werden heutzutage geschieden, so etwas erleben wir werweißwieoft in dieser Einrichtung.»

Ich breite entschuldigend die Arme aus: «Tut mir leid, da muss ich Sie enttäuschen, aber Jette und ich sind ein harmonisches Paar.»

Das finden die Damen augenscheinlich keineswegs überzeugend. Sie sind angetreten, um eine Mission zu erfüllen! Ich stelle mir diesen Dialog als Computerspiel vor: Der Vater bekommt sieben Leben und muss gegen zwei Erzieherinnen antreten, die ihm diese Leben abjagen wollen – «Lethal Kindergarten», ein Ego-Shooter-Spiel. Von links nähert sich die unbarmherzige Kommandantin Gercke mit einer Panzerfaust. Bombenharte Zuckerkugeln schießen auf mich zu. Ich werfe mich zu Boden, ziele, drücke ab – und muss gleichzeitig den rechten Bildrand im Blick behalten. Denn von dort drohen Counterstrikes aus dem Arsenal von Einzelkämpferin Ramona.

«Kayas Symptome sprechen eine eindeutige Sprache – uns müssen Sie nichts vormachen», schnarrt Kommandantin Gercke.

«Warum nicht?»

Frau Gercke und Ramona schauen mich irritiert an.

«Wie – wie meinen Sie das?», fragt Frau Gercke.

«Danke!», rufe ich. «Das ist die erste Frage, die Sie an mich richten, ist Ihnen das überhaupt aufgefallen?»

Ramona und Frau Gercke werfen sich einen wissenden Blick zu. Als erfahrene Erzieherinnen sind sie den Umgang mit uneinsichtigen Eltern gewohnt. Frau Gercke kontert entsprechend routiniert: «Das ist *Ihre* Wahrnehmung, für mich ist das ein ganz normales Gespräch, in dem ich Ihnen unsere Unterstützung anbiete. Die können Sie annehmen oder nicht.»

Von meinen sieben Leben habe ich schon mindestens drei lassen müssen. Das sind mehr als genug!

«Ich schlage Folgendes vor», überlege ich laut, «Sie verständigen das Jugendamt, die sollen uns dringend mal auf den Zahn fühlen, und ich gehe in eine Selbsthilfegruppe für geschiedene Väter, so etwas gibt es doch?»

Frau Gercke nickt: «Ja.»

«Sonst noch etwas?»

«Schon mal an eine Paartherapie gedacht?», fragt Ramona ganz ernsthaft.

Womöglich bei Susanna Holthausen-Karby?

«Was soll ich machen?», klage ich. «Meine Lebensgefährtin ist nach Berlin abgehauen und hat mich mit unserer dreijährigen Tochter sitzenlassen. Jetzt lebt sie mit ihrem Chef zusammen. Der ist zehn Jahre jünger als ich, Mitte zwanzig, Beachvolleyballer – das Übliche halt.»

Das fasziniert sie natürlich sofort. Trotzdem, ich sollte langsam aufhören mit dem Quatsch. Kaya muss es schließlich ausbaden.

«Also, nun mal Klartext: *Erstens* geht Sie beide mein Privatleben nichts an. Und *zweitens* merken Sie sich bitte Folgendes: Jette, die Mutter von Kaya, meine Lebensgefährtin, arbeitet zurzeit in Berlin. Wir sind nicht getrennt, Kaya geht es gut, ihr Vater ist sogar häufiger für sie da als die meisten anderen Väter auf dieser Welt. Und das bedeutet *drittens*: Es gibt kein Problem!»

«Wie Sie meinen!», keift Frau Gercke. Am liebsten würde ich eine Stinkbombe in ihr Büro werfen, aber leider habe ich, wie immer in derartigen Situationen, keine dabei.

«Wer ist eigentlich Elternvertreter bei den Wühlmäusen?», frage ich provozierend.

«Susanna Holthausen-Karby.»

Na, super. Noch ein Leben weniger ...

«Die sehen Sie heute Abend beim Elternabend!»

Den ich total vergessen hatte.

«Den haben Sie doch nicht vergessen?»

«Natürlich *nicht*!»

Grußlos gehe ich hinaus und schnappe mir Kaya, die gerade mit ihrer Lieblingspuppe auf einer Schaukel im Garten sitzt: «Wieso erzählst du, Papa und Mama haben sich getrennt?»

«Ramona war nur bei den anderen», mault sie.

«Und als du gesagt hast, Papa und Mama lassen sich scheiden, war Ramona nur bei dir?»

Sie lacht: «War doch nur gesponnen.»

Meine Güte, Kaya ist erst drei! Sie darf nicht jetzt schon anfangen, mit solchen Tricks zu arbeiten, selbst wenn man damit weit kommt.

15 | Wahlabend

Nach der ersten Nacht auswärts muss ich Kaya schon wieder bei Heinz auf dem Flughafen parken, weil Elternabend ist. Wahrscheinlich haben sie den Termin dahin gelegt, damit so wenig Eltern wie möglich kommen. Gerade noch rechtzeitig öffne ich die Tür zum Gruppenraum: Nicht zu fassen, wie lächerlich Erwachsene wirken, die mit stockernsten Gesichtern auf viel zu kleinen Kinderstühlen hocken! Wie eine Seehundkolonie: Sämtliche Eltern wedeln mit den Flossen, um irgendwie das Gleichgewicht zu halten. Unsere Köpfe wippen im Wellengang auf und nieder. Nur beständiges Kippeln macht die Schmerzen in unseren Steißbeinen erträglich.

Rudolf ist der Einzige, der den Kinderstuhl verweigert und stattdessen auf dem feuerroten Bobby-Car Platz nimmt, das seit unserer Bergfahrt in seinem Wagen liegt. Er will es mir heute wiedergeben. Wenn man so eine Szene in TV-Dokumentationen sieht, nennt man es gerne «Realsatire» und amüsiert sich drüber. Nur: Was tun, wenn man mittendrin steckt – und nirgendwo ein Regisseur in Sicht, der die Sache abbricht, bevor sich die Darsteller völlig bloßstellen?

Ramona leitet die Veranstaltung alleine, Piercing-Anne hat sich krankgemeldet. Erst mal stellen wir uns alle vor, weil seit der letzten Elternversammlung so viele Neue (unter anderem ich) dazugekommen sind. Ronja, Bradleys wildmähnige Zulassungsstellen-Mutter, lächelt ihr Bacardi-Cola-Lächeln, neben ihr sitzt eine Vokuhila-Mutter, die ich noch nie gesehen habe. Sie hat Kötbullar mitgebracht und erzählt, sie arbeite bei IKEA (ein weiteres sicheres Indiz für die schwedische Unterwanderung). Neben ihr und Ronja hockt Rudolf auf seinem Bobby-Car, dann kommt Susanna Holthausen-Karby, die heute wieder mal ganz besonders zickig dreinschaut.

Links daneben und ganz in Weiß: Verena, die Perlenkettenmutter, deren Kind sich nie dreckig macht (– was für mich zu den großen Rätseln der Menschheit zählt). Und dann sind da noch: Constanze (die kiffende HNO-Arztgattin), der graumelierte Knut (immer freundlich lächelnd wie Buddha und irgendwie in einer anderen Dimension beheimatet) und Achmed, der schmächtige Wasserbauingenieur aus der Türkei. Ali, sein Landsmann vom Gepäckdienst am Flughafen, Jeremy, der schwarze Baptistenprediger (wie immer im perfekt sitzenden Anzug), und Geraldine, die kaugummikauende Flugbegleiterin, machen die Runde komplett.

Allen geht es um das Wichtigste in ihrem Leben: ihre Kinder. Nachdem Ramona die Tagesordnung verlesen hat (Diskussionspunkte 1 bis 3: gesundes Frühstück, Regenkleidung, die auch im Sommer mitgebracht werden soll, und ein neues Podest, das im Gruppenraum geplant ist), können wir Eltern eigene Themen einbringen. Bradleys Mutter kommt auf die Übernachtung der Kinder am Vatertag zu sprechen. Der Termin sei ausgesprochen ungünstig (wörtlich: «rischtisch scheiße») gewesen und solle bitte nächstes Jahr geändert werden. Ramona verspricht ihr Möglichstes zu tun, im Klartext: nichts. Das ist sogar mir als Neuling klar.

Noch langweile ich mich unendlich, zum Glück weiß ich aber, dass es heute Abend noch richtig zur Sache gehen wird.

Da meldet sich Bobby-Car-Rudolf auch schon zu Wort und sagt – scheinbar völlig zusammenhanglos: «Ich stelle den Antrag, Susanna Holthausen-Karby als Elternvorsitzende abzuwählen.»

Sämtliche Stühle kippen auf den Boden zurück.

Dann: Totenstille. Alle Seehundeltern scheinen sich plötzlich intensiv für die merkwürdigen Vögel, Containerfrachter und Sonnen auf den ungelenken Kinderzeichnungen zu interessieren, die überall an den Wänden hängen. Susanna Holthausen-Karby ist erst zwei Monate auf ihrem Posten, noch nie in der dreißigjährigen Geschichte der Einrichtung ist jemand in dieser Funktion abgewählt worden!

Für mich kommt der Umsturz nicht ganz unerwartet. Ich bin bestens informiert. Susanna hat mich vorhin angerufen, um ihrerseits eine Fraktion gegen Rudolf zu schmieden. Denn zwischen den beiden ist ein erbitterter Krieg ausgebrochen – und das kam so: Der kleine Cornelius hatte kürzlich mitten im Hinbringstau erneut die Tasche seiner Therapeutenmutter ausgeschüttet. Das kannte ich ja schon und habe mich mit Kaya wortlos an dem sinnlosen Elend vorbeigeschoben. Doch Rudolf polterte sofort los: «Kannst du deinem Rotzlöffel mal sagen, er soll sich verpissen?»

Susanna lief rot an: «‹Verpissen› will ich nicht gehört haben, und außerdem hat mein Kind einen Namen – und der ist *nicht* ‹Rotzlöffel›!»

«Anscheinend doch!», beharrte Rudolf. «Außerdem blockierst du jeden Morgen den gesamten Verkehr!»

«Das ist ein Kindergarten und keine Autobahn», wehrte sich Susanna.

Rudolf fixierte den kleinen Cornelius mit strengem Blick und drohte laut: «Das nächste Mal kriegst du ernsthaft Ärger mit mir!»

Damit hatte er ungefähr ein Dutzend geschriebene und ungeschriebene Gesetze des Kindergartens gebrochen. Dafür bewunderte ich ihn. Susanna verlangte hingegen von mir, ich solle ihr helfen, gegen Rudolf vorzugehen. Ich habe sie auf die Elternversammlung vertröstet, wo wir gemeinsam über das Problem reden könnten. Danach habe ich sofort Rudolf angerufen und ihm alles brühwarm gepetzt.

Trotzdem ist es keineswegs so, dass mir die Entscheidung leicht gemacht wird: Wenn ich *gegen* Susanna und *für* Rudolf Stellung beziehe ...

... isoliere ich mich womöglich in der Elterngruppe, und Kaya muss darunter leiden,

... wird Kaya eine schwere Kindheit haben, weil sie im Kindergarten keine Freunde mehr findet, was sich in der Schule fortsetzt,

... wird Kaya in ihrem späteren Leben vielleicht schwere Straftaten begehen, die auf diese frühkindliche Isolation zurückzuführen sind,

... werden wir umziehen müssen.

Wenn *ich für* Susanna und *gegen* Rudolf Stellung beziehe ...

... bin ich undankbar, weil er mir seinen Porsche-Geländewagen geliehen hat,

... bin ich ein Heuchler, weil er recht hat,

... wird die kranke Pädagogik von Susanna Holthausen-Karby irgendwann Bundesgesetz,

... muss ich Kaya womöglich auch so erziehen,

... werde ich nicht mehr arbeiten können, weil ich immer viel diskutieren muss.

Ach Jette, warum bist du jetzt nicht hier, an meiner Seite!

Jeremy, der schwarze Baptistenprediger, reißt mich aus meinen Gedanken. Er ist ein imposanter, charismatischer Mann, man merkt, dass er gewohnt ist, vor einer großen Gemeinde zu predigen. Er steht auf und breitet die Arme aus, um seinen Worten besonderen Nachdruck zu verleihen: «Meine Brüder und Schwestern, gelobt sei der Herr! Halleluja! Er segne unsere Schwester Susanna und unseren Bruder Rudolf – mögen sie sich vergeben können, wie unser Herr ihnen vergeben hat in alle Ewigkeit. Amen.»

Das sagt er nicht wirklich. Er kann eine Elternversammlung sehr wohl von einem Gottesdienst unterscheiden. Nur den pastoralen Ton, den kann er einfach nicht ablegen, wenn er öffentlich spricht.

«Meine lieben Eltern, liebe Ramona. Die Zeit für einen Wechsel scheint gekommen. Susanna hat ihren Cornelius in einem Montessori-Kindergarten angemeldet, und da belegt sie auf der Warteliste den zweiten Platz, nicht wahr, Susanna? Du wirst uns bald verlassen. Ich schlage deshalb Rudolf als neuen Elternvorsitzenden vor.»

Offensichtlich hat auch Rudolf seine Truppen in Bewegung gesetzt. Ob Jeremy wirklich weiß, was er da anstößt? Ich vermute, dass er der erklärten Kirchengegnerin Susanna eins auswischen will. Ob sich Rudolf allerdings zum christlichen Gegenkandidaten eignet, scheint mir fraglich. Ich fürchte, der sieht sich eher als Alttestamentler im Sinne von «Zahn um Zahn» – und nicht so sehr als Anhänger der Bergpredigt. Er wird Susanna Holthausen-Karby jedenfalls kaum die andere Wange zum Schlag hinhalten.

Flugbegleiterin Geraldine hält an Susanna Holthausen-Karby fest: «Vielleicht bleibt Susanna ja doch bei uns, außerdem steht eine Wahl gar nicht an!»

Rudolf nickt: «Außer die Eltern wollen das!»

Susanna Holthausen-Karby ist knallrot angelaufen, sie wendet sich empört an Ramona: «Muss ich mir das bieten lassen?»

Ramona beißt sich auf die Lippen: «Formal hat Rudolf recht.»

«Wer ist für eine Neuwahl?», frage ich in die Runde.

Genau die Hälfte der Hände geht hoch.

Eine unklare Situation, wir einigen uns trotzdem auf Neuwahlen.

Die unbekannte Vokuhila-Mutter meldet sich mit leiser Stimme zu Wort: «Ich schlage Susanna vor.»

«Ich trete an!», bestätigt die trotzig.

Rudolf kann es nicht fassen: «Du willst wirklich noch einmal kandidieren?!»

«Und ob!» Susannas Stimme klingt schrill.

«Ich bin für Rudolf!» Der Baptistenprediger.

«Vielleicht stellen sich beide noch einmal vor», schlägt der graumelierte Knut vor.

Darauf können sich alle einigen.

Als Erste erhält Amtsinhaberin Susanna das Wort, die gleichzeitig Vorsitzende des Gesamtelternbeirates ist. Die Wahl hat somit weitreichende Folgen: Wird Susanna Holthausen-Karby heute das Wühlmaus-Mandat entzogen, verliert sie auch alle anderen Posten.

Susanna sieht ziemlich verloren aus auf ihrem kleinen Kinderstuhl, was die Wirkung ihrer Worte wirkungsvoll unterläuft. Sie erzählt uns ihre Sicht auf die Vorkommnisse im Morgenstau – eine Geschichte von Machtmissbrauch, Willkür und Unterdrückung. Rudolf, der unsensible Vater, sei ein Macho und selbstherrlicher Ignorant, alles müsse er mit Gewalt durchsetzen, und nie nehme er Rücksicht auf die Bedürfnisse seines Kindes.

«Mein Kind hat einen Namen», höhnt Rudolf und rollt mit dem Bobby-Car lässig eine halbe Radlänge vor und wieder zurück.

«Der arme Michel», seufzt Susanna theatralisch.

«Michel genügt, ohne ‹arm›, bitte.»

Die Seehundkolonie verharrt ruhig und unbeweglich, als wittere sie einen herannahenden Fressfeind. Nur Susanna wird lauter, als ihr lieb ist: «Ich behaupte nicht, dass ich alles richtig mache. Erziehung heißt für mich: sich selbst immer wieder in Frage stellen, zweifeln und vor allem: auf die Kinder hören. *Ihre* Bedürfnisse, nicht die der Eltern oder der Einrichtung, sollten im Mittelpunkt stehen!»

Susanna hält zwar selbst nichts davon ein, aber rhetorisch ist sie einigermaßen geschickt. Das muss man ihr lassen.

Nun ist Rudolf dran. Er bleibt auf dem Bobby-Car sitzen, lächelt entspannt – und holzt gleich richtig rein: «Kinder brauchen Grenzen. Was Susanna heranzüchtet, ist ein skrupelloser Egomane, der nur sich selber kennt und zur Teamarbeit vollkommen unfähig ist. Wenn *das* das Ziel ihrer Pädagogik sein soll, dann gute Nacht ...»

Susanna glüht vor Empörung, was Rudolf sichtlich genießt.

Er fährt fort: «Also, *ich* will nicht einseitig nach der Pfeife meines Kindes tanzen! Und dass Susanna an irgendetwas zweifelt, glaubt ihr hoffentlich keiner von euch. In Wirklichkeit bist du doch vollkommen sicher, dass du recht hast –», er grinst, «– genau wie ich. Seien wir einfach ein bisschen ehrlicher!»

Susanna bekommt noch mehr rote Flecken: «Das geht weit unter die Gürtellinie, mein Lieber!»

«Ich bin nicht ‹dein Lieber›!»

Ramona versucht die Stimmung aufzulockern: «Das hat es

noch nie gegeben», sie kichert gekünstelt, «sonst finden wir nie Eltern, die sich für diesen Posten freiwillig melden. Und bei euch gibt es sogar einen Wahlkampf.»

Als es zur Abstimmung kommt, wird es still in der Runde. Ramona räuspert sich, bevor sie fragt: «Wer ist für Rudolf?»

Sechs Hände gehen hoch: Rudolfs eigene, die vom Baptistenprediger, von Perlenketten-Verena, Ronja, Constanze – und meine.

«Wer ist für Susanna?»

Für Susanna stimmen ebenfalls sechs: die Vokuhila-Mutter, Ahmet, Ali, Knut, Susanna selbst und die treue Flugbegleiterin Geraldine.

Ramona wiederholt die Wahl, nichts verändert sich.

Sie wiederholt die Wahl noch einmal.

Wieder dasselbe Ergebnis, wie sollte es auch anders sein? Alle fangen wieder zu kippeln an. Ramona kommt zu folgendem Entschluss: «Dann bleibt Susanna Elternsprecherin.»

Rudolf verschränkt die Arme vor seinem Bauch: «Niemals!»

Knut vermittelt: «Wir brauchen einen Kompromisskandidaten.»

«Wer sollte das sein?», fragen Rudolf und Susanna überraschend einmütig.

«Torben», schlägt Knut vor und lächelt mich breit an.

«Das meinst du nicht ernst!», rufe ich und meine: «Hilfe, das fehlte noch!»

«Ich halte das für keine gute Idee», mischt sich Ramona ein, «Torben hat zurzeit andere Sorgen.»

Das hätte sie nicht sagen dürfen.

«Ich stelle mich zur Wahl!», zische ich entschlossen.

Knut übernimmt die Wahlleitung: «Wer ist für Torben?»

Elf Hände gehen hoch.

«Enthaltungen?»

Eine, Susanna. Wir einigen uns darauf, dass sie meine Stellvertreterin wird. Susanna verlässt wortlos den Raum. Ich werfe Rudolf einen fragenden Blick zu, der hebt beide Daumen. Irgendwie bin ich nicht gerade in Siegerlaune. Ich rufe Jette an. Nach acht Mal klingeln dann: die Mailbox. Ach Jette!

Ich brauche dringend einen guten Rat.

Am Flughafen herrscht Hektik. Wegen des Streiks der französischen Fluglotsen sind viele Flüge gestrichen oder werden – wie die nach Mallorca – über Italien umgeleitet. Das Terminal 2 ist überfüllt mit müden, hektischen Passagieren. Nur ganz oben, im «La Terrasse», herrscht himmlische Ruhe. Hier sitzen Heinz und Kaya bei Pizza und Apfelsaft. Ich bestelle ein großes Bier. Kaya krabbelt auf meinen Schoß.

«Ich bin jetzt Elternvertreter», berichte ich und kann es selber kaum fassen.

«Gratulation.»

«Ist das was Tolles?», will Kaya wissen.

«Aber sicher. Dein Papa ist jetzt König von allen Eltern im Kindergarten», lacht Heinz.

Hinter dem Panoramafenster rollt gerade eine spanische Boeing langsam zur Startbahn.

«Papa ist Kindergarten-König», wiederholt Kaya beeindruckt.

«Und Susanna Holthausen-Karby ist meine Stellvertreterin, wir müssen uns in allem absprechen.»

Heinz lacht: «Etwa die Paartherapeutin, von der du immer so nett erzählst?»

«Ist das nicht schrecklich?»

Heinz nickt. «Ich habe noch nie gehört, dass ein Mann Elternsprecher im Kindergarten werden wollte. So was ist doch ein Mütterjob, aber warum auch nicht ...»

«Was ist bloß los mit meinem Leben? Egal, wohin ich mich wende, ich lande immer wieder allein unter Frauen.»

«Andere Männer halten das für das Paradies.»

«Die haben keine Ahnung.»

Wie wahr dieser Satz ist, soll ich schon bald in aller Härte erfahren ...

16 | Kalenderparty im Endreihenhaus

Seit dem Elternabend verändern sich im Kindergarten Dinge, die bislang als unveränderbar galten wie die Schwerkraft. Susanna Holthausen-Karby sucht sich zum Ausziehen ihres Sohnes neuerdings eine Ecke aus, in der sie niemanden behindert! Die Eltern, die im ersten Wahlgang für Rudolf gestimmt haben, fühlen sich jetzt so verbunden wie Mitglieder einer politischen Partei. Alle Übrigen sind Teil einer Großen Koalition. Sie haben mich als Kompromisskandidaten akzeptiert, aber nur zähneknirschend, wie mir scheint. Es liegen Welten zwischen uns.

«Hallo Torbi!»

Torbi? – Weiße Hose, weiße Bluse, weiße Schuhe, schulterlange Betonfrisur mit zehn Kilo Haarspray, dazu die unvermeidliche Perlenkette – Parteifreundin Verena bringt gerade ihren kleinen Magnus zu den Wühlmäusen. Nicht nur ihr Sohn, auch ihr Auto ist stets makellos sauber, selbst bei extrem schlechtem Wetter.

«Hallo Vera.» – Leider habe ich auf die Schnelle keine herabwürdigende Kurzform mit «i» gefunden.

«Ich würde dich und Kaya gerne heute Nachmittag zu Kaffee und Kuchen einladen. Magnus und Kaya verstehen sich ja so gut in letzter Zeit.»

«O. k.»

War das eben meine Stimme? Was tue ich da eigentlich?

«Wunderbar! Dann bis später. Tschau, Torbi.»

Ich sehe es als Opfer für Kaya, die spielt tatsächlich gerne mit Magnus. Dem will ich mich nicht in den Weg stellen.

Und so erscheinen wir am Nachmittag brav in der Neubausiedlung mit den weißen Reihenhäusern. Verena wohnt im Endreihenhaus am Wendehammer. Sie hat immer wieder betont, wie toll es ist, in einem Reihenhaus zu wohnen. Weil die Nachbarn mehr als nur nett seien, der Zusammenhalt unter ihnen sei sogar «richtig intensiv». Auf jeden könne man sich verlassen.

Ich kam mir schlecht vor, weil ich das instinktiv anzweifelte. Und jetzt möchte ich beschämt werden, weil es stimmt! Doch als Erstes muss ich mich über die hohen Zäune zwischen den handtuchgroßen Gärten wundern – dabei haben alle Kinder im selben Alter! Und wenn die Nachbarn wirklich so nett sind, warum haben Verena und ihr Mann dann dreißigtausend Euro mehr auf den Tisch gelegt, um das begehrte Endreihenhaus zu bekommen, wodurch sie einen Nachbarn weniger haben?

Kaya führt mich um das Haus herum und direkt in einen Garten, der so geleckt aussieht, als sei nach dem Mähen noch jemand mit dem Staubsauger durchgegangen. Sie hat sich für ihren Kita-Freund Magnus extra ihr Lieblingskleid angezogen und trägt ihre Lieblingspuppe unterm Arm. Magnus läuft freudestrahlend auf sie zu, die beiden verschwinden sofort in der Sandkiste. Wenigstens verstehen *die* sich gut …

Als Verena durch die Terrassentür kommt, staune ich nicht schlecht, sie hat sich eine radikale Kurzhaarfrisur schneiden lassen und sieht dadurch komplett anders aus als noch heute Morgen.

«Hey, Verena – neue Frisur? Klasse! Mal was anderes.»

Mein Standardspruch, wenn Frauen vom Friseur kommen. Bei Jette fällt es mir oft gar nicht auf, weil sie sich meistens nur die Spitzen schneiden lässt. Und das ist, meiner Meinung nach, nicht einmal unter einem Elektronenmikroskop zu erkennen. Jette hingegen fühlt sich jedes Mal wie ausgewechselt und findet mich unaufmerksam.

«Ich habe gebacken – nach einem alten Rezept von meiner Mutter.»

Der Terrassentisch ist mit Kuchen und ALDI-Bier gedeckt. Wir haben noch nicht mal vier Uhr! Wofür hält die mich eigentlich? Sehe ich etwa so aus, als ob ein Vollrausch am Nachmittag normal für mich ist? – Ich sollte sofort gehen!

«Könnte ich auch einen Kaffee haben?»

«Ich dachte nur …»

Eigentlich ist Bier gar nicht schlecht bei der Hitze.

«Du hast recht, lass man.»

«Und wie läuft es bei dir so beruflich?», erkundigt sich Verena höflich. Sie hat mit Sicherheit gehört, dass ich momentan nicht so gut dastehe, ohne Geld und ohne Jette – die in Berlin unser Überleben sichert.

«Gut, und selber?»

«Bestens, ich arbeite ja nur halbtags.»

Und zwar in einer kleinen Vorstadt-Bank, wo ihr Mann Filialleiter ist. Unser Gespräch plätschert dahin, bis vorm Endreihenhaus ein edler Volkswagenbus mit verdunkelten Scheiben bremst. Der Motor erstirbt, die Fahrertür schwingt auf, und heraus springt, im Nadelstreifenanzug – Iris Harms: «Überraschung!»

Die hat mir gerade noch gefehlt!

Iris wuchtet einen großen Fotokoffer aus dem extragroßen vollklimatisierten Gepäckraum und scheucht an die zehn

Hunde zurück in den Fond. Auch sie scheint perplex, mich hier anzutreffen: «Wie kommst … du denn … hierher?», stottert sie.

Verena fasst sich an den Kopf: «War das etwa heute?»

Iris nickt bedeutungsvoll.

«Neuer Wagen!», gratuliere ich. Der Bus, ein TDI, kostet keine Kleinigkeit: CD-Wechsler, Klimaanlage, ABS, GPS etc. Finanziell muss es Iris prächtig gehen.

«Leider nicht meiner», bedauert sie. «Der Wagen gehört der rumänischen Hundehilfe. Nach allem, was die Tiere durchgemacht haben, ist das wohl das Mindeste …»

Ihre Ausführungen werden von der Ankunft eines zweiten Wagens unterbrochen. Zwei Frauen in leichter Sommerkleidung klettern aus einem kleinen racinggrünen Mini-Cooper. Auch sie sind alte Bekannte: Constanze, die Frau des HNO-Arztes, und Ronja, Bradleys Zulassungsstellenmutter mit der wilden Mähne (und Fahne). Alle sind ausgewiesene Mitglieder der Kompromisskandidat-Torbi-Partei – wir könnten einen kleinen Parteitag abhalten.

Ronja und Constanze ziehen je einen großen schwarzen Rollkoffer hinter sich her. Kichernd und winkend holpern sie über den englischen Rasen auf uns zu. Verena wirkt deutlich weniger entspannt, sie krallt ihre manikürten Nägel in meinen Arm und lässt ihn nicht mehr los, was sehr unangenehm ist.

«Du Torben, es ist mir total peinlich, aber ich habe einen Fototermin vergessen. Könntest du vielleicht für eine Stunde hier im Garten auf die Kinder aufpassen?»

Bin ich hier der kostenlose Babysitter, oder was? Das kommt beim Erstbesuch ja wohl einer Kriegserklärung gleich!

«O. k. – Aber dafür habe ich einen bei dir gut», schnarre ich.

«Klar», bestätigt Verena, «danke!»

Natürlich wissen wir beide, dass ich sie niemals als Babysitter engagieren würde. Wer hier verloren hat, ist also eindeutig.

Die Frauen gehen hinein und lassen mich auf der Terrasse alleine zurück. Ich starre stumm durch die Glasfront ins Wohnzimmer. Verena besitzt keine Möbel von IKEA und legt auch Wert darauf, das hat sie vorhin mehrmals unterstrichen. Deshalb steht wohl auch nur das Indianerzelt *Koja* (IKEA) mit Kriechtunnel *Speja* (IKEA) hier im Garten. Außerdem spielen Kaya und Magnus mit *Minnen Groda* (IKEA-Frosch) und *Minen Drake* (IKEA-Drache). Mehr hat sie wirklich nicht.

Ich schnappe mir *Minen Drake* und lasse ihn die Kinder fragen, wie viel eins und eins ist.

«Zwei!», schreien Kaya und Magnus gleichzeitig.

«Falsch!», schreit Minen Drake gegen sie an. «Es ist fünf!»

Er zählt es ihnen zum Beweis falsch vor, die Kinder protestieren laut.

«Und wie heißt die Stadt, in der wir leben?», fragt er weiter.

«Hamburg!»

«Nein, Tokio!»

«Neiiiiiiiiinnn!»

Und so mache ich immer weiter. Nebenbei leere ich das Bier und esse den Kuchen. Irgendwann höre ich eine Frauenstimme leise meinen Namen rufen: «Torben?»

Ich drehe mich um und bin schwerstens irritiert: In der Terrassentür steht Verena in einem dünnen, hellgrauen Morgenmantel, perfekt gebügelt mit weißen Nadelstreifen. Schuhe trägt sie keine. Was hat das zu bedeuten?

Wohl weil ich zögere, macht sie einen weiteren Schritt auf mich zu: «Kommst du mal bitte?»

Constanze erscheint hinter ihr: «Kommt er?»

Constanze trägt schwarze Lederstrapse und ist mit schwarzem Lippenstift und dunklem Lidschatten auf Domina geschminkt, in der Hand hält sie eine Reitgerte.

Ähhh ...

Ich beschließe, so zu tun, als ob das vollkommen normal wäre. Wo Iris Harms draufsteht, ist eben Porno drin. Weiß ich doch längst. Ganz normal.

Aber Verena?

Mit einem flauen Gefühl folge ich den Frauen in den hinteren Teil des Wohnzimmers. Dabei entgeht mir völlig, dass der Rasenmäher des Nachbarn plötzlich ausgeht – nicht etwa, weil der Rasen schon fertig gemäht wäre. Nein! Der Rasenmäher geht aus, weil Nachbar Brunkhorst Nachbarin Verena in unangemessener Kleidung mit einem unbekannten Mann ins Haus gehen sieht. Und weil Brunkhorst seine Hände dringend für etwas anderes braucht. Denn jetzt packt er sein schnurloses Telefon und wählt mit zitternden Fingern eine Nummer.

Ronja sitzt auf der Couch und trägt einen dicken grünen Frottee-Bademantel. Iris hat vor der nussbraunen Schrankwand Licht gesetzt und schraubt gerade eine große Kamera auf das Stativ. Verena räuspert sich: «Wir streiten uns gerade und wollten mal deine Meinung hören.»

«Worüber?»

«Mein Mann ist bei der freiwilligen Feuerwehr, und die brauchen achttausend Euro für ein neues Löschfahrzeug. Und beim Herbstbasar wollten wir ...»

«Ihr macht einen Kalender!», rufe ich erleichtert.

Verena ist erstaunt: «Woher weißt du das?»

Vor Jahren gab es mal einen englischen Film mit dem Titel «Calendar Girls» (Jette und ich haben ihn – eher zufällig –

an einem verregneten Sonntag im «Elbe»-Kino gesehen): Er handelte von ein paar älteren und jüngeren Frauen, die sich zusammentaten, um für einen Kalender mit erotischen Fotos zu posieren – selbstverständlich für einen guten Zweck. Der Kalender verkaufte sich überraschenderweise zigtausendfach im ganzen Land. Ende.

Oder vielmehr: Anfang. Denn dieser Film hat die Charity-Szene in Europa nachhaltig aufgemischt. Er wird in kirchlichen und weltlichen Frauenvereinen von Generation zu Generation weitergereicht. Seitdem gibt es eine Flut von erotischen Kalendern. Schätzungen des deutschen Sportbundes zufolge hat allein jeder siebte Handballverein einen Kalender mit Nacktfotos herausgebracht. Die Dunkelziffer ist natürlich beträchtlich höher. Und rechnet man dann noch die Amateursportverbände hinzu ...

«Ich wäre dann so weit!», ruft Iris von hinten.

Verena windet sich: «Torben, sag uns bitte ehrlich, wie wir rüberkommen» – sie holt tief Luft und lässt ruckartig den Bademantel fallen –, «weil ... du bist ja praktisch eine von uns!»

Ich erstarre.

Dieser Satz markiert den Tiefpunkt meines erotischen Lebens. Welcher Mann wird auf ein Dessous-Shooting eingeladen, um auf die Kinder aufzupassen? Nicht mal Eunuchen!

Verena hat zugenommen, ist mein zweiter Gedanke.

Du auch, vergiss das nicht, Torben!, weise ich mich zurecht.

Aber nicht so viel!, meldet sich eine zweite, ehrlichere Stimme.

Du warst auch nicht schwanger, mäkelt die erste Stimme.

Deswegen sieht es nicht besser aus.

Constanze wirft «Je t'aime» von Serge Gainsbourg und Jane Birkin in den CD-Player. Verena legt los.

Nicht, dass ich ein Fachmann für Striptease wäre (genau genommen ist dies die erste Striptease-Show seit meinem achtzehnten Geburtstag. Und ich kann nicht behaupten, dass mich das besonders bedrückt hätte) – aber ich muss zugeben: Verena ist sportlicher, als ich dachte. Brücke, Lotossitz und Radschlagen hat sie voll drauf, die Aerobic-Streckübungen ebenso.

Iris lässt den Kameramotor laufen. Szenenwechsel. Constanze legt eine neue CD ein. Anstelle von Serge Gainsbourgs «Je t'aime» erklingt nun «I was made for loving you, baby». Sie zündet sich eine Zigarette an und wirft sich in Position.

Verena schaut verlegen in meine Richtung: «Wie war ich?»

«Für mich bist du das perfekte Bild für den Januar.»

Sie wird blass: «Kalt und verregnet?»

«Nein, das neue Jahr beginnt voller Hoffnung, bedeckt wie mit feinem Puder und hautwarm zugleich.»

«Wow!» Ronja ist schwer beeindruckt und schwenkt plötzlich zwei BHs in meine Richtung: «Welcher von den beiden ist es, was meinst du?»

Irgendwie kann ich jetzt nicht mehr aussteigen: «Der Kreuz-BH zieht das Gewebe im Dekolleté zu sehr zusammen, außerdem passt der andere viel besser zu deinem Teint.»

«Und welcher Monat bin ich?», will Constanze wissen und spielt kokett mit der Peitsche.

Es ist vollkommen egal, was ich sage – es sollte nur plausibel klingen: «Der April, der April macht, was er will – wenn du mich fragst.»

Auf den April folgt – endlich – die lang ersehnte Kaffeepause. Eigentlich trinke nur ich Kaffee, die Damen schlürfen Prosecco – und Iris Harms fällt nichts Besseres ein, als ein paar Probefotos von unserer Tischrunde zu schießen. In diesem Moment kann ich sehr gut nachvollziehen, was in Pyjama-Patrick Kieber vorgegangen sein muss. Ich und die Strapsenhausfrauen! Wenn sie das neben die verkorksten Hunde in ihrem Schaufenster hängt, werden wir endgültig umziehen müssen …

Ronja ist nach zwei Gläsern Prosecco richtig in Stimmung. Sie schlägt vor, noch einen draufzulegen. Constanze aktiviert erneut per Fernbedienung «Je t'aime». Vielleicht war ich vorhin zu einfühlsam, deshalb schießen sie jetzt vollends übers Ziel hinaus. Andererseits finde ich es toll, wenn Menschen etwas tun, von dem sie überzeugt sind. Nur dabei zusehen möchte ich nicht mehr. Ich will die Kinder nicht so lange alleine lassen.

Auf der Terrasse erwartet mich ein echter Feuerwehrmann in Uniform, breitschultrig und einen Kopf größer als ich, einiges jünger dazu, mit dichtem blonden Oberlippenbart. Laut Schulterklappe gehört er zur freiwilligen Feuerwehr Fuhlsbüttel. Das wird der Mann von Verena sein. Damit ist die Runde ja komplett.

«Hallo, ich bin Torben Heydorn.» Mit ausgestreckter Hand gehe ich auf ihn zu, was ein schwerer Fehler ist. Denn er sagt gar nichts, und sein Blick ist nicht nett, was ich zunächst übersehe. Dann haut er mir ohne Vorwarnung ins Gesicht.

Zum Glück kann ich die Wucht des Schlags etwas abmildern, indem ich mich nach hinten in die Blumenrabatten fallen lasse. Meine Wange glüht heiß, aber das ist nicht das Schlimmste. Viel schlimmer ist, dass ich nach meiner erotischen Herabwürdigung durch die Kindergartenmütter nun auch noch vom eigenen Geschlecht abgestraft werde. Wirklich, das ist mehr als demütigend!

Instinktiv greife ich nach einer spitzen Handharke, die neben mir im Beet steckt. Der Feuerwehrmann will gerade nachtreten, als Verena und Ronja – immer noch in Strapsen – kreischend dazwischengehen. Doch der Kerl ist stark. Er hat die beiden fast abgeschüttelt, da beißt ihm seine Frau beherzt in den Daumen. Er jault auf vor Schmerz und zieht sich endlich zurück.

Kaya und Magnus sitzen indessen im Schneidersitz vor ihrem IKEA-Tipi und beobachten die Szene interessiert und unbeweglich wie Kriegsberichterstatter. Mir wäre lieber, wenn Kaya deutlicher zeigte, dass sie auf meiner Seite steht. Immerhin bin ich das Opfer, und der andere ist der Täter.

Der Nachbar im Garten nebenan freut sich: Er ist ein Cousin zweiten Grades und hat den Feuerwehrgatten alarmiert, um das unzüchtige Treiben zu unterbinden. Am liebsten würde ich über den Zaun klettern und ihm eine kleben, aber genau so funktioniert die Spirale der Gewalt. «Wehret den Anfängen», beschwöre ich mich stattdessen.

Alle schauen mich befremdet an. In meiner Verwirrung habe ich offenbar mal wieder laut gedacht. Verena will ihrem Mann die Lage erklären. Doch der glaubt ihr natürlich kein Wort. Noch lege ich die Harke nicht aus der Hand.

Im Kopf fange ich an, einen Artikel über die dunklen Seiten der freiwilligen Feuerwehr zu formulieren: 90% aller Brandstifter sind Feuerwehrleute, das ist statistisch erwiesen. Ich werde beschreiben, wie alkoholabhängige Männer gezielt zur Feuerwehr gehen, um auf den exzessiven Feiern ihre Sucht auszuleben. Aber vermutlich hat die Wahrheit – wie so oft – keine Chance. Norbert Schwella wird den Artikel ablehnen und mir erläutern, dass die freiwillige Feuerwehr so unantastbar sei wie Nelson Mandela, Mutter Teresa und Greenpeace zusammen: Du kannst nicht dagegen sein!

Kaya kommt angerannt und streichelt mir übers Haar: «Tut das weh, Papa?» Endlich sorgt sie sich um mich!

«Ja.»

«Wieso hat der dich gehauen?»

«Weil er ein Idiot ist!»

Der Feuerwehrmann zuckt kurz zusammen und ballt die Fäuste, Verena schiebt ihn vorsichtshalber ins Haus. Kurze Zeit später kommt sie zurück.

«Willst du Max anzeigen?»

Ich habe die Schnauze voll. «Wenn er sich entschuldigt, nein. Und ich will dreihundert Euro Schmerzensgeld.»

Das ist nicht viel. Aber es ist mehr, als Schwella für meinen Schmähartikel gezahlt hätte – den er nicht bezahlt hätte.

Ich kann zufrieden sein.

PS: Jette werde ich erst mal nichts davon erzählen. Irgendwie habe ich das Gefühl, sie könnte es missverstehen. Im Augenblick sehne ich mich nach ein paar Stunden allein unter Kerlen.

Das müsste sich machen lassen. Rudolf hat sicher nichts gegen einen Herrennachmittag, und ein dritter Mann wird sich finden. – Wir werden etwas unternehmen, was kein Mann vor uns je gemacht hat!

17 | Enttarnt: das Geheimnis der Frauen!

«Frauen haben gar kein Geheimnis», verkünde ich großspurig. «Das ‹Rätsel Frau› wird total überschätzt.»

«Häh?» Mike und Rudolf schauen mich halb belustigt, halb entsetzt an. Wir sitzen in Mezzo-Mikes Siebzigerjahre-Wohnzimmer, jeder auf seinem Sack Granulat und je ein Bier in der Hand. Dass der Planespotter und Rudolf sich kennen, hätte ich nicht gedacht. Ist aber so. Rudolf hat Mike sämtliche Versicherungen verkauft, die er braucht, und bestimmt noch etliche, die er nicht braucht. Aber darüber schweigen wir einvernehmlich. Genauso wie über das CIA-Flugzeug – alles vergeben und vergessen.

Wir haben uns zufällig am Aussichtspunkt neben der Landebahn getroffen und uns spontan verabredet. Die Kinder haben wir bei Heinz geparkt, der sie in den Gepäckumschlag beim Flughafen mitnehmen will. Heute holen wir den Vatertag nach – ohne Kinder!

«Natürlich bleiben Frauen ein Rätsel», widerspricht Rudolf. «Oder bist du neuerdings der einzige Frauenversteher der Welt?» Er ist immer noch ein bisschen schlecht gelaunt wegen des Elternabends, über den er nicht reden will. Auch wenn er es angeblich vollkommen in Ordnung findet, dass *ich* jetzt Elternsprecher bin und nicht er.

«Dass Frauen ein Geheimnis haben, ist bloße Behauptung. Das ist leicht zu durchschauen.»

Rudolf wird richtig sauer: «Blödsinn! Kein Mann wird die Frauen je verstehen. Spätestens ab dreißig sind sie total bemackt. Bis auf meine: Die ist es schon mit Anfang zwanzig!»

«Manchmal habe ich das Gefühl, Frauen kommen viel besser klar im Leben», seufzt Mike, «ich kapiere nicht, wie die das hinkriegen. Es ist mir echt ein Rätsel.»

Geht das Gejammer schon wieder los?! Ich gebe zu, ich habe diese Diskussion losgetreten. Aber meine Laune ist wegen der Erfahrungen der letzten Tage ohnehin etwas angeknackst. Und Jette meldet sich auch viel zu selten. Manchmal ist sie mir ein echtes Rätsel. Egal. Wo waren wir stehengeblieben? Ah ja:

«Sie gehen zusammen aufs Klo, um zu quatschen, und machen Shopping-Touren mit ihren Freundinnen – was soll daran so besonders sein? Das können wir Männer genauso!»

«Und warum machen wir es nicht?», fragt Rudolf.

«Machen wir es!»

Die beiden starren mich erschrocken an.

Mike ist entsetzt: «Zusammen Klamotten kaufen?»

«Du könntest wirklich was anderes tragen als diese bescheuerten Sweatshirts vom ‹Roskilde-Festival›», mosert Rudolf.

Mike reagiert beleidigt: «Schau dich selber mal an!»

Rudolf findet immer mehr Gefallen an der Idee: «Und vorher geht es noch zum Friseur!»

Mike greift nervös an seinen Pferdeschwanz: «Friseur?»

Ich springe aus meinem Sitzsack (eigentlich schäle ich mich eher unelegant heraus): «Also los!»

Eine Minute später sitzen wir im Porsche Cayenne und rauschen Richtung City. Keiner von uns kann sich erinnern, je mit zwei Kumpels auf Shopping-Tour gegangen zu sein. Insofern ist das eine Art männliche Jungfernfahrt. Wir werden alles genauso wie die Frauen durchziehen, vielleicht erfahren wir heute mehr über sie als jemals zuvor in unserem Leben.

Zu Anfang weichen wir allerdings noch etwas vom Reglement ab: Neben dem Parkhaus in der Nobeleinkaufspassage befindet sich eine kleine Bar, an der wir ein kleines Bier nehmen, Frauen starten dort in der Regel mit Prosecco. Nächste Station: «Luigi», ein angesagter Friseur. Der kühlgestylte Laden besteht praktisch nur aus Spiegeln, die Stühle sind aus Stahl und weichem Leder, wie die Pilotensitze der Lufthansa. Mike ist angenehm überrascht.

Rudolf und ich setzen uns links und rechts neben ihn auf einen Stuhl und zippeln vorm Spiegel an unseren Haaren herum. Wir waren beide erst letzte Woche beim Friseur und möchten unseren Kumpel nur begleiten. Ich war mir sicher, dass Luigis Leute uns rausschmeißen würden – immerhin kaufen wir nichts und belegen trotzdem zwei Stühle. Aber die haben uns nicht mal komisch angeschaut, von Frauen sind die anscheinend so etwas gewohnt.

«Wann habt ihr schon mal neben einem Kumpel beim Haareschneiden gesessen?», will ich wissen.

«Nie.»

«Beim Bund», fällt Rudolf ein.

«Das zählt nicht.»

«Wie soll es werden?», will die Friseurin wissen. Sie ist Anfang zwanzig, braun gebrannt, und steckt von den Knöcheln bis zu den Ohrläppchen in schwarzem Leder. Aus ihrem Kopf wachsen Haare in vier abenteuerlichen Farben. Ich bin skeptisch, ob sie versteht, was ein fünfzehn Jahre älterer, geschiedener Mann will und braucht.

«Irgendwie anders», brummt Mike einfallslos. Zu seinem Billig-Friseur «Eddy» hinter dem Einkaufszentrum musste er nur «einmal Haare» sagen, dann bekam er die Spitzen seines Pferdeschwanzes gestutzt und fertig.

«Er hat einen dynamischen Beruf und ist privat häufig auf der Piste», behaupte ich, bevor Mike verraten kann, dass er Kurierfahrer ist und in seiner Freizeit Flugzeuge fotografiert. Sonst würde ihm die Frau wohl zur Strafe Eddys Original-Einheitsschnitt verpassen.

Nach dem Waschen schneidet sie ihm den Pferdeschwanz ab. Mike beißt die Zähne zusammen und stöhnt leise, als litte er heftige Schmerzen. Zwischendurch sieht es richtig schlimm aus, das kennt wohl jeder: Wenn der Friseur mir die nassen Strähnen in die Stirn kämmt, um woanders herumzuschneiden, sehe ich dermaßen bescheuert aus – da wird mein Gesicht zum überzeugenden Argument für eine Schönheitsoperation. Das reißen meine klaren blauen Augen genauso wenig heraus wie mein kantiges Kinn.

Doch was diese Frau mit Mike macht, ist grandios! Schon als Kind habe ich die Filme geliebt, in denen die hässliche Bibliothekarin mit der starken Brille eine neue Frisur und neue Kleider verpasst bekommt. Und wenn sie dann noch die Brille abnahm, entpuppte sie sich als Göttin. Fast genauso ergeht es uns mit Mike: Er sieht mit der neuen, dynamischen Kurzhaarfrisur plötzlich richtig gut aus – wie ein echter Typ. Seine braunen Augen kommen viel besser zur Geltung, ebenso seine ausdrucksstarke, große Nase.

Mike lässt sich abschließend noch nass rasieren und schaut nun befremdet in den Spiegel: Das Einzige, woran er selber sich noch erkennt, ist vermutlich das schwarze «Roskilde»-

T-Shirt. Dafür bezahlt er die höchste Friseurrechnung seines Lebens.

«Und jetzt weg mit den Klamotten!», fordert Rudolf, der langsam in Partystimmung kommt. Er schaut sich Mikes Hosen genauer an: «Was ist das eigentlich?»

Erst jetzt fallen mir Mikes grobe Arbeitshosen auch auf. Tausend Taschen auf vierzig Quadratzentimetern Stoff – und alle verbeult!

Mike ist empört: «Die trage ich seit sechs Jahren!»

«Na bravo!»

Er schüttelt die Beine aus und erklärt triumphierend: «Feuersicher!»

«Wozu?», staune ich.

Diese Frage irritiert ihn, darüber hat er noch nie nachgedacht.

«Weg damit!», bestimmt Rudolf.

Auf der Suche nach den richtigen Hosen für den neuen Mike ziehen wir durch die Haupteinkaufsstraße der Innenstadt. Rudolf und ich sind als beinharte Türsteher gefragt: Vor jedem «H&M» und «New Yorker» nehmen wir Mike in die Zange. Wir müssen neue Fehlgriffe verhindern. Genauso fatal ist Mikes Hang zu Outdoorläden mit Funktionsjacken und regenabweisenden Cargohosen.

Mike ist ziemlich genervt: «Geschmack ist Privatsache», protestiert er.

«Stimmt nicht», widerspricht Rudolf und steuert einen Outlet-Store am Rande der City an, wo Designersachen zum halben Preis zu haben sind. Hier gibt es alles, was Männer gut anzieht und sonst nur unter Schmerzen bezahlbar wäre. Es gibt keine Beratung, sondern nur den Kassierer und einen uniformierten Sicherheitsmann am Eingang.

Mike sagen «Lagerfeld», «Boss» und «Armani» gar nichts, für ihn könnten sie genauso gut «Schmidt» oder «Grabowski» heißen. Wir müssen bei null anfangen: Rudolf zeigt Mike eine graugemusterte sportliche Hose, sie passt auf Anhieb. Mike kauft sie, damit wir endlich Ruhe geben, und sucht sich dazu eine lässige Lederjacke aus, die ich auch unbedingt haben möchte. Leider gibt es sie in meiner Größe nicht mehr. Bald befinden wir uns alle drei in einem heftigen Kaufrausch – die Sachen sind derart günstig hier! Sie sind hochwertig verarbeitet, und der Schickimicki-Preisaufschlag bleibt hier aufs Normalmaß begrenzt.

Ich kaufe zwei Jacketts und drei Hosen, Rudolf einen Anzug. Mike behält die neue Hose, das blütenweiße Hemd und die braune Wildlederjacke gleich an.

Als wir beladen mit unseren Einkaufstüten vor dem Laden stehen, zucke ich zusammen: «Mist, wir haben einen schweren Fehler gemacht!»

Mike versteht die Welt nicht mehr.

«Mann, wir haben im ersten Geschäft gekauft, das machen Frauen nie!», stöhne ich.

«Stimmt.» Rudolf erinnert sich auch.

Mike versteht immer noch nicht: «Das ist ein tolles Jackett, und auch die Lederjacke ist super, der Preis stimmt ...»

«Frauen kaufen *nie* im ersten Geschäft!»

«Wieso nicht?»

«Weil es woanders noch was Besseres geben könnte», erklärt Rudolf.

«Soll ich die Sachen wieder umtauschen, oder was?»

«Nee, jetzt gehen wir spannen», bestimmt Rudolf. «Da wird euch gleichzeitig heiß und kalt, das verspreche ich euch.»

Eine Viertelstunde später hält Rudolf einen Büstenhalter und einen roten Seidentanga in der Hand und lässt sich von einer kühlen Brünetten in der Dessousabteilung des Edelkaufhauses eingehend beraten. Diese Verkäuferin hätte man sich nicht besser ausdenken können: Ihr Ausschnitt ist enorm, sie trägt knallroten Lippenstift, und ihre raue Altstimme suggeriert breitgefächerte erotische Erfahrung.

Rudolf gibt vor, etwas für seine Freundin zu suchen, die Verkäuferin kennt so etwas anscheinend schon und geniert sich nicht, zur Demonstration einen Seiden-BH vor ihr Dekolleté zu halten. Genau das war Rudolfs Ziel, plus nebenbei andere Frauen zu beobachten, die hier nach Reizwäsche suchen. Rudolf lässt sich ein Teil nach dem anderen vorführen.

Mike und ich stehen indessen reichlich verlegen zwischen den Ständern herum und fühlen uns auf einer Stufe mit Fetischisten, die in BHs oder Mülltonnen wühlen. Die übrigen Kundinnen und Verkäuferinnen durchschauen uns mit einem Blick: Weswegen sollten wir uns sonst hier aufhalten?

Auch wenn mir das jetzt keiner glaubt: Ich stehe nicht auf so genannte «Reizwäsche», auch nicht, wenn man sie vornehm als «Lingerie» bezeichnet. Auf all diesen Spitzen-BHs steht für mich zu deutlich: «Schau her, fass mich an – Sex!» Ich entdecke lieber den Reiz im Unscheinbaren, im Verborgenen. Aber das wird hier natürlich nicht angeboten.

Nach einer langen, schlimmen Viertelstunde nehme ich Rudolf beiseite: «Frauen gehen nie in die Herrenabteilung, um zu spannen.»

«Und ob! Und zwar unter dem Vorwand, Schlipse für ihre Männer zu kaufen!»

«Aber sie glotzen den Männern dabei nicht auf den Schwanz, wie du der Verkäuferin auf den Busen.»

«Das behaupten die nur!»

«Frauen sind anders, glaube es mir.»

«Können Frauen schöne und hässliche Männer unterscheiden?»

«Ja.»

«Na also, dann gucken sie *doch*!»

«Aber nicht *so*!»

«Mir hat mal ein Scheidungsanwalt erzählt, dass Frauen zu hässlichen Scheidungsanwälten tendieren, weil sie sich denen überlegen fühlen. Männer hingegen suchen sich gutaussehende Anwälte, weil sie die für erfolgreicher halten. Auch das spricht gegen deine Theorie, oder?»

Mike meldet sich schlichtend zu Wort: «Am besten, wir gehen in einen Laden, in dem es keine Frauen gibt.»

«'ne Schwulenkneipe?» – Etwas anderes fällt mir in diesem Land nicht ein – außer Herrentoiletten.

Mike schüttelt den Kopf.

«Ein Baumarkt!», freut sich Rudolf.

«Quatsch, Baumärkte sind längst von Frauen bevölkert, seit die da Tiffanylampen verkaufen. Tiffany zieht Frauen einfach magisch an. Außerdem tapezieren und basteln die inzwischen genauso wie Männer.»

«Ja, was denn dann?»

«Mitkommen!»

Rudolf holt seinen Porsche-Geländewagen aus dem Parkhaus. «Wandsbeker Chaussee», weist Mike ihn an. Unterwegs erklärt er noch: «Wir fahren in einen Tempel.»

Rudolf und ich sind gespannt. Keine Ahnung, welcher Glaubensrichtung Mezzo-Mike angehören könnte.

Zehn Minuten später steht der neue Mike in seinen neuen Klamotten mit uns im einzigen frauenfreien Biotop Deutschlands: dem Elektronikgroßmarkt «Conrad».

«Hier solltet ihr mal über Frauen nachdenken», rät er uns.

«Dir ist klar, wo wir uns befinden?», vergewissere ich mich vorsichtig.

Mike behauptet, dass man im Elektronikgroßhandel modellhaft nachvollziehen könne, wie Beziehungen funktionieren, bzw. was ihnen fehlt: Kabelbrücken, Widerstände, Funkbrücken sind Gleichnisse mitten aus dem Beziehungsleben. Ebenso Verlängerungskabel, Parallelschaltungen, Sicherheitsschalter, Erdung, Isolierung, Hochspannung, Niedrigenergie. Jeder dieser Begriffe ist eine kleine Meditation wert: Pendeln Jette und ich zwischen Stand-by oder Hochspannung? Welche Folgen hat das für unsere Energieauslastung? Brauchen wir einen Verstärker oder eher einen Dimmer?

Nach anderthalb Stunden bei «Conrad» stehen wir nachdenklich auf dem Parkplatz neben Rudolfs Porsche Cayenne.

«Wenn du das alles weißt, wieso hast du dann keine Frau?», löchere ich Mike.

«Kein Mensch versteht, warum *du* eine Frau hast und *ich* nicht», antwortet er mit treuherzigem Augenaufschlag.

Also, mir ist das vollkommen klar. «Das musst du mir erklären.»

«Na ja, du siehst nicht besonders aus, und dein Charakter ist unter aller Sau!» Mike kichert.

«Es liegt an meiner Ausstrahlung, die hat man oder nicht.»

«Und wieso spürt man nichts davon?»

Es zählt zu unseren größten Stärken, dass wir Männer auf wundersame Weise Situationen entkrampfen können, indem wir ganze Nachmittage lang, bis in den Abend hinein, blöde Sprüche klopfen. Was Frauen ein Rätsel ist.

Und das Geheimnis der Frauen, so viel ist sicher, bleibt *ihr* Geheimnis.

18 | Ü 30

Meines Wissens gibt es im Deutschen nur zwei Dinge, die mit dem Buchstaben «Ü» abgekürzt werden: das Überraschungsei von Kindermilchschokolade und «Über-30-Partys». Wobei man kalauern könnte, dass die meisten Besucher von Ü-30-Partys im Grunde nur das Ü-Ei suchen, aber das ist ein albernes Wortspiel – und gemein dazu, wenn man, wie ich, in einer festen Beziehung lebt. Auch wenn es zurzeit eine feste Fernbeziehung ist.

«Auf einer Ü-30-Party habe ich nichts zu suchen!»

Rudolf und Mike kontern mit dem ausgeleierten: «Wer A sagt, muss auch B sagen!»

Sie wollen herausbekommen, wie sich die neue Frisur und Kleidung auf Mikes Liebesleben auswirken, und ich soll mit. Immerhin sei die Einkaufstour meine Idee gewesen. – Was sie nicht wissen: Ich werde heute Nacht neununddreißig, da riecht ein Discobesuch verdammt nach verfrühter Midlife-Crisis. Da fällt mir auf, dass die Mitte meines Lebens möglicherweise sogar schon überschritten ist: Wenn ich 39 mal zwei nehme, komme ich auf 78, und da ist im Schnitt für die meisten Männer in diesem Land schon Schluss.

Bevor ich weiter darüber nachgrüble, gehe ich lieber mit. Heinz hat angeboten, auf Kaya aufzupassen (nicht auf dem

Flughafen, sondern zu Hause, versteht sich) – er muss seine Steuererklärung machen. Das nutze ich gerne aus.

Ob ein Discoabend gut wird oder nicht, hängt sehr vom *Timing* ab. Kommt man zu früh, ist es öde, kommt man zu spät, auch. Der richtige Zeitpunkt ist von Disco zu Disco verschieden. Mit Anfang zwanzig war ich mal ein paar Wochen in Kanada und staunte: Dort öffneten die Discos um acht, waren spätestens um halb neun rappelvoll, und um zwei Uhr morgens war Schluss.

Mich hat das damals sehr gestresst: kein stundenlanges Rumhängen mit Freunden, kein gemeinsames Essen, Fernsehen oder Video gucken, keine unterschwellige Vorfreude wie zu Silvester, um dann gegen Mitternacht loszuziehen und gegen fünf, sechs Uhr morgens nach Hause zu kommen. Wo blieb da der Spaß?

Als Schüler schliefen wir nach der langen Freitagnacht am Samstag bis in den frühen Nachmittag, um dann gegen Mitternacht wieder loszuziehen. Die Folge: Montags waren wir total aus dem Rhythmus, und unsere Lehrer meckerten nach jedem Wochenende, dass wir mit Jetlag in der Schule herumhingen. Sie kapierten nicht, dass es genau darum ging: Einmal in der Woche verließen wir unsere Zeitzone, das war wie ein Wochenendtrip nach New York!

«Wir kommen viel zu früh», mahne ich, als ich mit Rudolf und Mike zur besten Sendezeit, also kurz nach der «Tagesschau», am Eppendorfer Marktplatz stehe. Doch anscheinend kommen hier alle zu früh: Drinnen ist es bereits drei viertel voll.

Die heute Dreißig- bis Fünfzigjährigen leben discomäßig eindeutig das kanadische Modell. Mit etwas weniger Wohlwollen könnte ich auch unterstellen, sie wollten oder könnten in ihrem Alter nicht mehr auf ein paar Stunden Schlaf verzichten. Das würde ich natürlich nie laut aussprechen, denn ich selbst bin auf Partys schon lange nicht mehr der letzte Gast (wenn ich überhaupt noch ausgehe).

In einer Disco war ich jedenfalls schon ewig nicht mehr und schaue mich mit dem ungetrübten Selbstbild eines Mittzwanzigers um: Diese «Ü-30-Fisch-sucht-Fahrrad-Party» sieht aus, als habe man meine Zwanzigerjahre verfilmt, die Akteure von damals aber mit Schauspielern besetzt, die zwei Jahrzehnte älter sind. Sonst hat sich kaum etwas verändert. Ringsherum üben sich die Anwesenden in Parodien vertrauter Tanzstile aus längst vergangenen Epochen – Headbanger mit Halbglatze, Esoterik-Dramatiker mit hochgereckten Armen, schräggelegtem Kopf und geschlossenen Augen. Dazwischen, in wesentlich kleinerer Zahl: die ehemals Coolen, die ihre minimalistische Choreographie nahezu unbeeinflusst von der Musik durchziehen und gleichzeitig suchende Blicke durch den Raum schicken können.

Weh tun mir bloß jene Momente, in denen ich mich selbst in einem der unzähligen Spiegel erkenne und bestürzt feststellen muss, dass ich hier nicht weiter auffalle. Insofern ist eine Ü-30-Party auch ein wirkungsvolles pädagogisches Mittel gegen Eitelkeit.

Aber deswegen sind die meisten natürlich nicht hier. Ähnlich wie die Kindergarten-Eltern verbindet sie nichts miteinander, außer dem Umstand, dass sie Singles sind und es nicht bleiben wollen. Jede deutsche Großstadt feiert sich in Szenezeitschriften als «Hauptstadt der Singles». In Wirklichkeit verhält es sich in jeder Großstadt ähnlich, aber der Hauptstadt-der-Singles-Pokal vermittelt den Düsseldorfern, Kölnern, Frankfurtern, Hamburgern oder Münchnern das Gefühl, Teil einer großen, starken Gemeinschaft zu sein.

In meinen Single-Zeiten habe ich keine Frau je in einer Disco kennengelernt. Für mich als Mann des Wortes war es zum Ansprechen von Frauen schlicht zu laut – man konnte nur Headlines herausbrüllen, die nicht länger als die der Bildzeitung sein durften: «Musik klasse!» – «Geht.» – «Was zu trinken?» – «Gi... T...!» – «Wie?» – «Gi... To...ic!» – «Gin Tonic?»

Lernt man auf dieser Basis die Frau fürs Leben kennen? (Ehrlich gesagt hätte mir eine Nacht ja schon genügt.) Oder war mein Einstiegssatz («Musik klasse!») schlicht zu phantasielos?

Mike sieht in seinem neuen Jackett und den Designerhosen umwerfend aus, sofern ich das beurteilen kann. Wenn er nichts vom Planespotten erzählt, wird er heute Abend Frauen kennenlernen, da bin ich mir sicher. Rudolf sieht man seine fünfzig zwar an, aber er trägt sie lässig. Sein schlichtes, teures Hemd hängt korrekt über der perfekt sitzenden schwarzen Jeans und kaschiert eventuelle Problemzonen ausgesprochen geschickt. Er ist ein eleganter Tänzer, trotz seines bulligen Körpers.

Plötzlich ein großes Hallo aus der Bar-Ecke: Piercing-Anne kommt mit Iris Harms auf uns zugeschlendert.

«Hi, Torben, du hier?» Anne wirkt schon etwas angetrunken. Iris hat auch schon einige Gläser hinter sich. Am Revers ihres Nadelstreifenanzugs glitzern Anstecker mit Bildern ihrer verkorksten Hunde. Grässlich, wer sollte auf so etwas abfahren?

«Warum nicht?»

«Du lebst also doch getrennt?»

«Heute Abend, ja!»

Anne sieht klasse aus in ihrem leichten geblümten Sommerkleid. Sie wohnt noch immer bei Iris im Fotoatelier, teilt Bad und Schlafplatz mit inzwischen neun Hunden, und ein Ende der Misere ist nicht in Sicht. Ihr Vermieter ist immer noch im Urlaub, und keiner weiß, wo er ihre Sachen versteckt hat. Auch wenn sie ihre Möbel zurückbekäme, muss sie ihre Schulden auf der Bank abbezahlen, und zwar bis in die Wechseljahre hinein! Und was am schwersten auszuhalten ist: Sie hat noch nicht mal einen Fehler gemacht, um diesen Albtraum erleben zu müssen.

Mir krampft sich das Herz zusammen. Das arme Ding! Obwohl sie vorher schon sehr dünn war, hat Anne in der letzten Woche fünf Kilo abgenommen.

«Gibt's was Neues?», fragt sie hoffnungsvoll.

Hätte Popeye mir bloß weiterhelfen können, dann wäre jetzt alles anders! Die Bank hätte ihren Fehler zugeben und Schadensersatz zahlen müssen. Anne hätte Geld, und Jette wäre wieder in Hamburg. Doch leider bin ich mit meinen Recherchen nicht viel weiter gekommen. Die Hacker halten dicht, weil ihr Tun illegal ist und sie nichts riskieren wollen. Die Polizei zuckt mit den Achseln, denn Firmen, die per Internet ausgeraubt werden, erstatten in der Regel keine Anzeige, sondern kaufen oft sogar die Täter als Sicherheitsexperten ein.

Ich schüttele bedauernd den Kopf. «Was zu trinken?»

«Gi... T...!»

«Gin Tonic?»

Sie nickt. Siehste, Torben. Gelernt ist gelernt!

«Woher kennst du Iris eigentlich?», frage ich Anne, als ich mit zwei gefüllten Gläsern wieder vor ihr stehe. Wir haben uns in eine ruhige Ecke zurückgezogen.

«Woher ich Iris kenne? Sie macht einmal im Jahr die Fotos von den Gruppen im Kindergarten.»

«Diese sterilen Schönfotos mit neutralem Hintergrund?»

Sie nickt: «Die Eltern bestehen drauf. Schnappschüsse können sie ja selber machen. – Jedenfalls haben Iris und ich uns dabei kennengelernt. Wir gehen alle paar Wochen zusammen ins Kino. Aber lass uns davon aufhören! Heute Abend will ich einfach nur schnell betrunken werden.»

Also noch einen Gi... To...ic! Bei dieser Gelegenheit hole ich Mike und Rudolf und mache alle miteinander bekannt – das heißt: Rudolf kennt die Erzieherin seines Sohnes natürlich schon. Er raunt mir panisch ins Ohr, dass er sich von Piercing-Anne fernhalten müsse, wegen seiner Metallallergie. Allein ihr Anblick mache ihn nervös. Als ob Anne sich für einen alten Sack wie ihn interessieren würde! Aber das stecke ich ihm lieber nicht. Wir tanzen erst mal ein bisschen.

Zum Disco-Ritual gehört für mich, zwischendurch rauszugehen und verschwitzt in der Kälte eine Zigarette zu rauchen. Kaum stehe ich draußen, verlässt mich der Mut. Besser keine Frau anschnorren – ich suche ja keinen Gesprächsanlass. Wie gemein wäre es, irgendwann zugeben zu müssen, dass ich glücklich liiert bin!

Ein Mann in einem zeltähnlichen schwarzen Hemd, das wohl seinen mächtigen Bauch kaschieren soll, hat schließlich Erbarmen. Er schenkt mir meine erste Zigarette seit vier Jahren. Sie schmeckt, entgegen allen Prognosen, toll. Zumindest so lange, bis ausgerechnet Popeye neben mir steht. Er hat sich chic angezogen, mit grauem Jackett und Designerhemd.

Ich überlege einen kurzen Moment, ob ich so tun soll, als hätte ich ihn nicht gesehen. Aber das wäre ein Zeichen von Schwäche. Also sage ich: «Vielen Dank nochmal für deine wertvollen Infos!»

Hoppla, das klang zickig.

«Ich bin halt seriös», gibt er zurück.

«Dass ich nicht lache. Hoden-Entzündungen und Kontostand von Wildfremden recherchieren – das nennst du seriös?»

Popeye tut beleidigt: «Das sollte ein Gefallen sein, falls Jette was mit dem hat.»

«Wie kommst du denn *darauf?*»

«Weswegen solltest du sonst so scharf sein auf die Daten von einem Mann, der in der Firma deiner Frau arbeitet?»

Erwischt, Torben!

Ich lasse mir nichts anmerken: «Hast du geglaubt, ich falle darauf rein?! So blöd bin ich auch wieder nicht! Patrick Kieber ist topfit und hat Geld wie Heu», behaupte ich. «Der wird die Ferienhausfirma bald übernehmen.»

Das klang schon wieder zickig. Andererseits habe ich dazu allen Grund: Fast hätte ich mich vor Jettes zukünftigem Chef mit Popeyes falschen Informationen blamiert wie nie zuvor in meinem Leben – und Jette gleich mit!

Popeye schaut mich gekränkt an: «Kieber ist echt pleite. Ich wollte dir bloß helfen ...»

«Plötzlich soll ich an so viel Ehrlichkeit glauben?»

Popeye kritzelt etwas auf einen kleinen Zettel: «Prüf's doch selber nach, Alter.»

Das hat gesessen. Drinnen spielen sie Musik für Ältere, «99 Luftballons» von Nena, was ich wirklich nicht mehr hören kann. Aber in fünf Minuten werde ich neununddreißig, und ich möchte nicht hier draußen reinfeiern. Wie trist wäre das denn? Dann doch lieber mit Nena.

Ich springe zurück auf die Tanzfläche, Piercing-Anne tanzt sich zu mir durch. Die Erzieherin meiner Tochter schwankt merklich, in meiner Hose spüre ich die heftigen Vibrationen meines Handys. Der DJ dreht die Musik runter, damit alle mitsingen können. Es ist erbärmlich.

«Und dabei schoss er nur auf 99 Luftballons ...» Wenn alle im Saal ohne Musik grölen, klingt es am fürchterlichsten. Die Vibration meldet sich erneut, ich fummele hektisch mein Handy heraus: Ist was mit Kaya?

Nein, es ist Jette, die Musik wird jetzt noch schlimmer: «Tausendmal berührt», dröhnt es durch die Lautsprecher. Ich flüchte von der Tanzfläche.

«Wo treibst *du* dich denn rum?», wundert sich Jette.

«Im ‹Atisha›», schreie ich.

«Und wo ist Kaya?»

«In ihrem Bett. Heinz macht bei uns zu Hause seine Steuererklärung.»

Anne haucht mit einer mächtigen Fahne am Hörer vorbei in mein Ohr: «Komm, tanz mit mir, mein Lieber, ich will –»

«Ja, dann herzlichen Glückwunsch», gratuliert Jette merkwürdig tonlos.

«Danke.»

«Wer ist die Frau?»

«Anne, von den Wühlmäusen.»

«*Anne von den Wühlmäusen?* Ist die adlig oder was?»

«Anne ist Kayas Erzieherin.»

«Ach ja?»

«Was heißt das denn?»

«Gar nichts.»

«Dann ist ja gut.»

«Was ist denn nun?», beschwert sich Anne.

Ich wimmle sie freundlich ab: «Gleich.»

Parallel sagt Jette etwas, was ich nicht verstehe.

«Was sagst du?»

«Feiere noch schön», brüllt es aus dem Hörer. «Ich muss jetzt schlafen, wird ein harter Tag morgen.»

«Tschüs.»

Anne schlingt ihre Arme um meinen Hals, was mir leicht unangenehm ist: Wie löse ich mich aus dieser Umarmung, ohne sie zu verprellen?

Zum Glück kommen Rudolf und Mike mit einem Tablett voller Schnapsgläser auf uns zu. Das hat nichts mit meinem Geburtstag zu tun, von dem können sie gar nicht wissen. Ich stoße mit ihnen an, dann küsst Planespotter-Mike plötzlich Piercing-Anne. Rudolf legt den Arm um Iris Harms, und die lässt es geschehen.

Alle sind ganz aufgeregt. Ich auch: Ich bin neununddreißig!

Zu Hause prüfe ich noch in derselben Nacht die Links, die Popeye mir gegeben hat: Es ist tatsächlich alles wahr! Patrick Kieber ist kränkelnd und pleite. Das alles hätte ich in Berlin bestens gegen ihn verwenden können ... Zum Glück habe ich das ausgelassen, denn es hätte mich zum schlechten Menschen gemacht. Und es ist ja auch so gut ausgegangen. Hoffe ich mal.

19 | Oh, eine Wetterstation!

Stefan, 38, steht auf dem Geländer der Köhlbrandbrücke, die sich in vierzig Metern Höhe über den Hamburger Hafen spannt. Von hier aus kann er die ganze Stadt überblicken. Bevor er springt, will er sich von seiner alten Freundin Sandra verabschieden, mit der er in der Schulzeit mal zusammen war. Die beiden sind gute Freunde geblieben. Erst seit Sandra zwei kleine Kinder hat, sind ihre Treffen seltener geworden. Stefan nimmt sein Handy in die Hand: «Hallo Sandra, hier ist –»

«Warte mal, einen Moment – Du gibst sofort den Bagger zurück, so-fort, sonst ist er gleich ganz weg. Und jetzt lass Mama telefonieren – Hallo?»

«Stefan hier.»

«Mensch Stefan! Lange nichts gehört, ist ja toll! Wie geht es dir?»

«Ich stehe gerade auf der Köhlbrandbrücke und halte mich mit einer Hand am Geländer fest. Gleich werde ich springen.»

«Lass das! – 'tschuldigung, Stefan, nicht du! – Du lässt sofort los, hast du verstanden? Loslassen, habe ich gesagt! – Da bin ich wieder, wo waren wir stehengeblieben? Weißt du, die Kleinen sind heute vollkommen neben der Spur, da könntest du dich umbringen! – Äh, wo waren wir stehengeblieben?»

Ich will es mal vorsichtig ausdrücken: Sollte Stefan *nicht* gesprungen sein, hat seine gute alte Freundin Sandra wenig dazu beigetragen. Doch leider sind solche Gespräche mit Eltern keine Seltenheit. Sie sind der Normalfall: Selbst wenn ein Erwachsener Geburtstag hat, bestimmen die Kinder, was läuft. Erstaunlicherweise enden Familienfeiern trotzdem relativ selten mit einem Suizid. Zum Überleben unter Eltern gibt es allerdings einige wichtige Regeln, Kinderlose aufgepasst:

Regel 1: Eltern können hervorragend zuhören und interessieren sich für alles, was du ihnen erzählst – wenn du es in maximal zehn Sekunden zusammenfassen kannst. Regel 2: Eltern werden in diesen zehn Sekunden keinen Augenkontakt mit dir halten, sondern das im Blick haben, was sich hinter deinem Rücken abspielt. Denn laut Regel 3 ereignet sich spätestens nach zehn Sekunden: ein unerwarteter Zwischenfall mit ihren Kleinen, der sie zum Eingreifen zwingt. Hinterher haben sie komplett vergessen, was du gesagt hast, du musst alles von vorne erzählen (Regel 4). Deswegen ist es befriedigender – Regel 5 –, Erwachsene von vornherein links liegen zu lassen und sich ausschließlich mit den Kindern zu beschäftigen. Das macht mehr Spaß und wird von Eltern dankbar angenommen. Regel 6: Die meisten Eltern, seien wir ehrlich, haben sowieso wenig zu dem beizutragen, was dich interessiert. Bestenfalls erinnern sie sich mit sentimentalem Geseufze, wie es vor Jahren auf der Piste war. Und im schlimmsten Fall wollen sie von *dir* aktuelle Pisten-Exzesse hören, nach denen du dich selber sehnst.

Das alles will ich meinen kinderlosen Freunden nicht zumuten, andererseits sollen meine Elternfreunde ihre Kinder mitbringen können. Von klein auf habe ich Geburtstagsfeiern geliebt. Und das hat sich bis heute nicht geändert. Heute ist Jette nicht da, und die meisten meiner Freunde sind im Urlaub. Das sind ziemlich ungünstige Voraussetzungen, aber ich will trotzdem feiern. Jedoch nicht in unserer Wohnung (denn ich habe keine Lust, hinterher zu putzen). Glücklicherweise habe ich einen wunderbaren Ersatz gefunden: Weil manche Eltern es herzlos finden, eingepfercht in der Kinderecke bei McDonald's zwischen Hamburgern, Werbeluftballons und einem bezahlten Ronald-McDonald-Clown zu feiern, habe ich mich für das «La Terrasse» im Hamburger Flughafen entschieden.

Heinz ist natürlich als Erster da, immerhin feiern wir hier gewissermaßen in seinem erweiterten Wohnzimmer. Die Kellner haben ein üppiges Buffet mit Meeresfrüchten und Antipasti aufgebaut. Heinz konnte mit dem Chef einen Sonderpreis aushandeln, ich musste mich um nichts kümmern. Meine Gäste bekommen eine riesige, sonnige Aussichtsterrasse über der Flugzeugabfertigung, drinnen gibt es eine Spielecke für die Kinder (komplett mit Rutsche und kleiner Kletterwand). Weglaufen können die Kleinen nicht – der Bundesgrenzschutz sorgt für ihre Sicherheit. Könnte es einen geeigneteren Ort geben, um meinen 39. Geburtstag zu feiern?

Den Soundtrack für unsere Feier liefern die wunderbar beruhigenden Altstimmen aus den Lautsprechern: «Herr Watami aus (Stimme steigt leicht an) Stuttgart (sinkt wieder) möchte bitte umgehend zu Gate (ansteigend) 17 kommen.» Hier wird eben noch ein zivilisierter Ton gepflegt (überall, wo du sonst zu spät hinkommst, heißt es gleich: «Watami, mach zu!»).

Von meinem Gabentisch aus kann ich die ganze Halle überblicken, alle müssen durch die Drehtür am Eingang unter dem riesigen Werbeplakat («Ab in den Süden für 39 €»). Jeder meiner Gäste überquert die fußballfeldgroße Freifläche anders. Mein Nachbar Dustin – zur Feier des Tages trägt er ein Fan-Shirt der brasilianischen Nationalmannschaft – weicht linkisch von der direkten Linie zur Rolltreppe ab und nimmt den Weg im Halbkreis. Carola, die esoterische Freundin von Jette, durchmisst die Fläche geradlinig und zielsicher wie eine Vielfliegerin. Carola habe ich übrigens gar nicht eingeladen, die geht auf Jettes Rechnung. Meine Liebste fürchtet wohl, dass ich an meinem Geburtstag alleine bleibe. Meine Eltern machen gerade eine Motorradtour durch Portugal und haben damit Besseres zu tun. Und Jettes Mutter lebt in Grönland. Sie hat schon heute Morgen angerufen und wollte sich gar nicht mehr einkriegen, dass ihre Jette den «armen Torben» und die Familie im Stich lässt. Ja, Jettes Mutter hat ein großes Herz.

Eben schieben sich Mike und Rudolf durch die Drehtür. Rudolf hat seinen kleinen Michel und einen anderen Jungen aus dem Kindergarten dabei. Ich hatte Mike und Rudolf im «Atisha» spät in der Nacht noch gebeichtet, dass ich Geburtstag habe, und sie spontan eingeladen. Mike trägt einen Gitarrenkoffer über der Schulter, das verspricht peinlich zu werden!

Jetzt haben Michel und sein Kindergartenkumpel die Bildschirme der Sicherheitsleute entdeckt und bleiben fasziniert stehen. Schließlich kann man hier den Kofferinhalt sämtlicher Passagiere einsehen! Geduldig warten Rudolf und Mike mit ihnen vor den Monitoren – ich mache das auch gerne, weil ich es sehr unterhaltend finde, was Leute so mitnehmen.

Minuten später steht Mike vor dem Gabentisch und spielt mir auf seiner 12-saitigen Gitarre ein Ständchen von Eric

Clapton, das ich noch nie gehört habe. Zusätzlich schenken mir Rudolf und er einen Gutschein für eine Probefahrt mit einem Porsche Carrera! Mit 39 (also noch vor vierzig!) bin ich beim Original-Porsche angekommen. Ich umarme die beiden begeistert.

Kurz danach erscheint Lars, mein Freund aus Grundschultagen, mit einem brockhausgroßen Paket. Ich soll es sofort auspacken, was ich auch tue.

«Oh, eine Wetterstation!»

Das ist wohl das bescheuertste Geschenk, das man bekommen kann! Ich habe mich immer gefragt, wer so etwas kauft. In Hamburg ist das Wetter oft genug schlecht, das muss ich nicht schon vorher wissen. Und wenn doch, erfahre ich es präziser und umfassender in Internet und Fernsehen.

«Danke, Lars!», sage ich und umarme ihn. Ich zähle nicht zur Fraktion derer, die offen aussprechen, wenn sie ein Geschenk blöd finden. Allein die Tatsache, dass sich jemand Gedanken gemacht hat, losgegangen ist und etwas gekauft oder gar gebastelt hat, ist einen höflichen Dank wert.

«Du musst noch die Batterien anschließen», fordert Lars, als ich die Wetterstation auf den Gabentisch legen will.

«Klar, mache ich später.»

«Nee, lieber jetzt, dann kann ich dir zeigen, wie das Ding funktioniert.»

«Steht das nicht in der Gebrauchsanweisung?»

Zugegeben, das ist geheuchelt, ich werde das Ding nie aufstellen.

«Die kapierst du sowieso nicht.»

Also harre ich geduldig aus, bis Lars die Batterien eingelegt und mich mit den verschiedenen Unterfunktionen des Hauptmenüs vollgetextet hat. Die Station zeigt eine Hochdruckwetterlage, immerhin.

Kaya spielt mit Michel und den anderen Kindern abwechselnd auf der Sonnenterrasse und an der Kletterwand neben dem Restaurant. Die motorisierten Spielgeräte (2 Euro für drei Minuten!) sind tabu. Diese Ansage wird als Erstes von Dustin gebrochen, der bei den Kindern Eindruck schinden will, danach erweist sich Lars als Erziehungssaboteur.

Nach und nach trudeln die späten Gäste ein: Thorsten und Barbara mit der kleinen Britt – gefolgt von Tessa, Folker und den Zwillingen. Als Letzte stolpert meine ehemalige Sandkastenliebe Solveig mit einer gigantischen Zimmerpflanze durch die Halle und in meine Arme. Diese Palme hat Urwaldriesenformat! Ich bin erschlagen – und gerührt.

Rudolf und Mike fachsimpeln über Bordcomputer und welche Probleme sich daraus in zwanzig, dreißig Jahren für zukünftige Oldtimer-Bastler ergeben könnten. Heinz schließt sich ihnen an. Ich beobachte aus dem Augenwinkel, wie Solveig sehnsüchtige Blicke auf den komplett überholten Mike wirft. Doch der ist viel zu sehr von der technischen Zukunft in Anspruch genommen und merkt nichts davon. Hinter mir zettelt Carola eine Diskussion über die Zerstörung der Ozonschicht durch Flugzeuge an, während Lars Kaya erklärt, was ein Hygrometer ist. Kaya versteht kein Wort, fühlt sich aber geschmeichelt.

Ich bin erleichtert, dass alle meine Gäste ihren Platz und ihr Thema gefunden haben, leihe mir das Fernglas von Heinz und gehe ein paar Schritte in Richtung Halle. Der nächste Flug geht nach Dubai – mir wäre Berlin lieber.

Plötzlich läuft mir ein warmer Schauer über den Rücken: Mit einer riesigen Sonnenbrille verkleidet, schreitet Jette durch die Drehtür in die Halle, stilecht in Lufthansa-Uniform! Wo sie die wohl herhat? Was für eine Überraschung, und ich hatte keine Ahnung! Hektisch reiße ich das Fernglas vor die Augen und schäme mich sofort: Die Flugbegleiterin besitzt bei näherem Hinsehen überhaupt keine Ähnlichkeit mit Jette!

Als ich zwei weitere Bekannte entdecke, vermute ich zunächst wieder eine Sinnestäuschung: Aber Rosa und Johnny aus der Alten-WG sind es wirklich. Die beiden stehen in der Schlange nach Rom, Johnny hat seinen Arm um Rosa gelegt, sie strahlen sich verliebt an. Jetzt tippt ihnen ein Mittzwanziger auf die Schulter, der fast keine Haare mehr hat. Neben ihm steht eine ältere Dame mit hennaroten Löckchen und einem flotten dunkelblauen Kostüm. Beide halten je einen «Wachturm» der Zeugen Jehovas auf Brusthöhe und reden auf Johnny und Rosa ein. Auf dem Titelblatt erkenne ich das Gesicht einer adretten Frau, die erwartungsvoll nach oben in den Himmel schaut, im Hintergrund erstreckt sich eine idyllische Berglandschaft. Die Titelzeile lautet: «Depressionen – endgültig heilbar!»

Rosa und Johnny kaufen dem ungleichen Paar eine Zeitschrift ab – aus lauter Glückseligkeit oder weil es sonst niemand tut. Ein Sicherheitsmann mit Schnurrbart drängelt sich dazwischen und will die beiden Jehovas nach draußen führen, denn der «Wachturm» ist im Flughafen ebenso verboten wie alle anderen Flugblätter.

Eigentlich, schießt es mir durch den Kopf, schickt euch der Himmel! Kein normaler Mensch lässt Jehovas Zeugen in seine Wohnung. Außerdem kommen sie dann immer wieder. Aber das kann hier am Flughafen kaum passieren. Und warum sollte man an seinem Geburtstag nicht mal das Gegenteil von dem tun, was man sonst macht?

Also rase ich die Treppe hinunter zu den beiden Zeugen, die im Schlepptau des Wachmanns zum Ausgang trotten. Kurz vor der Drehtür habe ich sie eingeholt.

«Die beiden sind meine Gäste», fauche ich den Wachmann an.

Der schnauzt verdattert zurück: «Das ist verboten.»

Er meint den Wachturmvertrieb.

«Geht klar, Chef. Ich kümmere mich darum», verspreche ich ihm.

Die beiden Zeugen schauen mich verunsichert an.

«Kommen Sie doch mit nach oben. Ich feiere gerade Geburtstag.»

Die beiden zögern, Zeugen Jehovas dürfen keine Geburtstage feiern, weil nirgendwo in der Bibel von einer Geburtstagsfeier die Rede ist und es angeblich die Ich-Sucht nährt.

«Herzlichen Glückwunsch», sagt der Jüngere vorsichtig.

«Und Gottes Segen», wünscht die Ältere.

Zusammen betreten wir das «La Terrasse». Meine Gäste sind perplex, alle starren die Zeugen Jehovas stumm an. Jetzt tun sie mir schon wieder leid – derartig vorführen wollte ich sie nicht.

Doch die beiden lassen sich nicht aus der Ruhe bringen, ziehen ihre «Wachtürme» aus modernen kleinen Konferenzmappen und verteilen sie an alle. Lars und Rudolf lästern über die Frauen auf den Fotos, Carola protestiert gleich schon mal förmlich gegen das Verbot von Bluttransfusionen bei den Zeugen Jehovas.

Der junge Zeuge fragt Mike schüchtern, ob er seine Gitarre benutzen darf. Mike hat nichts dagegen. Durch einen Blick auf seine Glaubensschwester (oder -oma) vergewissert sich der Zeuge, dass er nichts Verbotenes tut. Er setzt eine randlose Brille auf und spielt ein paar Akkorde zur Einstimmung. Dann legt er los mit «Herr, deine Liebe ist wie Gras und Ufer».

Es ist als Ständchen zum Geburtstag gemeint. Doch meine

Gäste sind echt geschockt, keiner klatscht – außer mir. Die ältere Zeugin wünscht mir noch einmal den Segen Gottes. Den kann man wohl immer verschenken, ohne sich zu versündigen. Dann singen die Zeugen noch eins. Um ihre Weltoffenheit zu beweisen, entscheiden sie sich für: «If you're happy and you know it clap your hands.»

Die Einzigen, die in die Hände klatschen, sind sie selbst. «... stamp your feet ... touch your nose ...» Wenn keiner mitmacht, dauert das Lied gefühlte zwei Stunden. Aber sie ziehen das durch – keine Strophe, kaum ein Körperteil wird ausgelassen. Normalerweise werden sie an jeder Haustür abgewiesen, da ist der Umstand, dass die Leute beim Fußestampfen nicht mit einsteigen, vollkommen unerheblich: Jahrelange Gewöhnung hat sie unabhängig vom Applaus gemacht.

Als sie fertig sind, fragt Carola spitz: «Dürfen Sie eigentlich auch tanzen?»

«Wenn es der Ehre Gottes dient», lügt die Ältere und versucht ein paar Schritte. Der Jüngere versucht sie zu bremsen, weil es peinlich ist ohne Musik. Aber da ist Kaya schon eingesprungen und tanzt mit ihr. Heinz schnappt sich Carola, und Solveig startet in Richtung Mike. Doch der hat sich seine Gitarre wieder umgehängt und spielt einen Blues. Nach ein paar Takten tanzen alle meine Gäste. Sogar Lars, der sonst nie tanzt. Die anderen Passagiere im Terminal schauen uns lächelnd und wohl auch ein bisschen neidisch zu. Nach dem dritten Tanz verabschieden sich die Zeugen höflich und verschwinden.

Ein wunderbarer Geburtstag. Nur mit Jette wäre er *noch* schöner gewesen.

20 | Der Kindergartenkönig

Angeblich besitzen Stadtkinder kein Verhältnis zur Natur. Auf Kaya trifft das mit Sicherheit nicht zu. Wenn man sie fragt, welchen Tieren sie bereits Auge in Auge gegenübergestanden hat, kann sie eine Menge mehr nennen als Kinder auf dem Land: Giraffen, Löwen, Bären, Tiger, Antilopen, Krokodile und Pythons. Das liegt an der Dauerkarte für Hagenbecks Tierpark, die wir von Jettes Mutter geschenkt bekommen haben. Ein Zoobesuch ist zwar nicht das Tollste, was Jette und ich uns an diesem ersten gemeinsamen Nachmittag nach hundert Wochen (jedenfalls gefühlt!) vorstellen können, aber Kaya wollte unbedingt hierher.

Jette und ich schleichen schweigend den Rundkurs ab, den wir schon werweißwieoft gegangen sind, Kaya läuft vorweg. Was bei Fernbeziehungen Energie kostet, sind nicht die schlimmen Wochenenden, die bringen einen hinterher näher zusammen, wenn man sich am Telefon versöhnt. Über die guten müssen wir auch nicht nachdenken, wirklich schlimm sind die mittelmäßigen.

Die Luft ist so schwül wie in den natürlichen Lebensräumen vieler Tiere, bloß wer will das – außer den Tieren? Jette ist total übermüdet. Die vergangenen Wochen haben sie unendlich viel Kraft gekostet. Jetzt würde sie lieber im Bett liegen und schlafen. Nichts da: Wir sind schließlich nicht zum Vergnügen hier. Wir haben von einem Tierpfleger Futtertüten gekauft; Kaya klettert auf ein Riesenpodest, um die Giraffen zu füttern.

Ich beäuge misstrauisch die Sicherheitsvorrichtungen, besonders bei den gefährlichen Tieren, und das sind fast alle (selbst Affen können einem böse Bisswunden zufügen, viele vergessen das). Was Tierfreunde deprimiert, beruhigt mich eher: Alle Tiere sind eingesperrt.

Der Giraffenkopf nähert sich Kaya ein zweites Mal, um das Futter entgegenzunehmen. Die Augen der Giraffe sind riesig und schön, und doch finde ich in ihnen keinen Hinweis darauf, was sie denkt – sucht sie Zärtlichkeit, oder will sie Kaya einfach nur fressen? Mir geht leicht die Phantasie durch, ich sehe Kaya mit abgebissenen Fingern oder muss mit ansehen, wie sie vom Turm ins Gehege stürzt. Und Giraffen kann man nicht mal würgen, wenn sie auf einem herumtrampeln!

Angeblich ist so etwas hier noch nie passiert. Aber das kann sich schnell ändern, wie man in den Tiersendungen im Nachmittagsfernsehen eindrucksvoll vermittelt bekommt. Nebenbei gesagt trete ich dafür ein, diese Sendungen zu verbieten. Denn bei aller Niedlichkeit kommt man um die grässliche Wahrheit nicht herum: Niedliche Tiere fressen andere niedliche Tiere! Würde man seinem Kind eine Direktübertragung aus der Gerichtsmedizin zumuten, in der eine vollständig geöffnete Bauchhöhle inklusive Organentnahme gezeigt wird?

Löwen, die Antilopen verspeisen, bekommen jedoch ungehindert Großaufnahmen am Nachmittag. Allein die hervorstehenden weißen Rippenknochen der Opfer rufen bei mir Würgereize hervor. So etwas darf vor 23 Uhr nicht verbreitet werden, finde ich. Warum schreitet der Jugendschutz nicht ein? Weil es natürlich ist? Das kann ja wohl kein Argument sein – Sex ist auch natürlich und wird trotzdem nicht ins Kinderprogramm genommen.

«Wird Anne meine neue Mama?», will Kaya plötzlich wissen, als sie vom Giraffenturm heruntersteigt.

«Waaas?», fragen Jette und ich gleichzeitig. Dank der Kita hat Kaya den Scheidungskinderjargon voll drauf.

«Papa mag Anne», legt sie nach.

Ich bin echt empört: «Aber doch nicht so, wie ich Mama mag!»

«Wieso triffst du Anne dann so oft?»

Wie Journalismus funktioniert, kann ich einer Dreijährigen nur schwer erklären: «Das hängt mit meiner Arbeit zusammen: Anne erzählt mir Geschichten aus ihrem Leben, die ich dann aufschreibe.» Dann wende ich mich an Jette, die vieldeutig schweigt: «Kaya übertreibt maßlos.»

«Gar nicht!», protestiert Kaya.

«Jette, du glaubst doch nicht, dass ich was mit der Erzieherin habe?»

«Nun, ich telefoniere mit meinem Mann, und eine fremde Frau haucht etwas in den Hörer. Was soll ich davon halten?»

Das ist nicht die Antwort, die ich mir erhofft habe.

«Anne war betrunken, und ich habe sie weggeschoben, als sie mir zu nahe kam. Das ist die ganze Geschichte», beruhige ich sie.

«War ja nur 'ne Frage.»

«Ist die damit ausreichend beantwortet?»

«Ja-ha!»

Wie gesagt, kein besonders gutes Wochenende.

Das Affenhaus bildet normalerweise den Höhepunkt jedes Zoobesuches. Die Affen machen auch heute das, was Kaya in allen Einzelheiten abzufeiern gewohnt ist: Sie schwingen sich an langen Seilen quer durchs Gehege, tragen ihre Jungen durch die Gegend und jagen sich gegenseitig. Heute wendet sich Kaya jedoch gelangweilt ab und fordert: «Ich möchte auf ein Hochhaus.»

Ich kapiere den Zusammenhang nicht: «Warum?»

«Ich war noch nie auf einem Hochhaus.»

«Das stimmt nicht», widerspreche ich.

«Ich war noch nie auf einem Hochhaus!»

«Da warst du noch klein», sagt Jette. «Du erinnerst dich bloß nicht mehr daran.»

«Ich war noch nie auf einem Hochhaus!»

«Von mir aus», gebe ich nach. «Steigen wir auf ein Hochhaus!» Schlimmer als im Zoo kann es da oben nicht werden.

Zum Glück gibt es ganz in der Nähe sozialen Wohnungsbau aus den Siebzigern – eine Hochhaussiedlung mit siebzehn Stockwerken und genauso vielen Sozialarbeitern auf dem Spielplatz. Für Jette kommt das einem Ausflug in ein Bürgerkriegsgebiet gleich. Dabei ist alles renoviert, und die Gebäude sind frisch und bunt gestrichen, keine Spur von Graffiti. Es ist richtig gespenstisch.

Ich klingle irgendwo an einer scheinbar endlosen Klingelleiste. Eine mir unbekannte Stimme schnarrt in einer mir unbekannten Sprache fragend durch die Gegensprechanlage. «Wärrbung!», rufe ich. Der Summer wird gedrückt – wir sind drin.

Mit dem Aufzug fahren wir in den siebzehnten Stock, die Kabine ist überall zerkratzt mit den üblichen «Fuck-you»- und «Janina-liebt-Kevin»-Sprüchen. Wenigstens ein bisschen Lokalkolorit! Jette, Kaya und ich schweigen uns an, die Stimmung ist aus einem unerfindlichen Grund gereizt.

Im siebzehnten Stock steigen wir aus. Es gibt eine Treppe, die weiter nach oben führt. Zum Glück ist die Tür zum Dach nicht abgeschlossen, sodass wir hinaustreten können. Sofort erfasst uns ein frischer Wind.

Kaya springt juchzend auf dem Dach umher, was uns keine Angst macht, weil sie die Kanten respektvoll meidet. Begeistert entdeckt sie die Hafenkräne am Horizont. Hagenbecks Tierpark sieht aus wie eine Modelleisenbahnanlage ohne Schienen, selbst die großen Tiere kommen nicht über Wurmgröße hinaus, was mich sehr beruhigt. Eigentlich müssten Hochhausbewohner erhabene, heitere Menschen sein, wie Mönche in Tibet, die den Blick vom Dach der Welt immer über das Naheliegende hinaus richten. In Wirklichkeit wird das Hochhaus, auf dem wir stehen, in der Presse eher mit Schlägereien, Totschlag und anderen Delikten in Zusammenhang gebracht.

Jette und ich nehmen uns in den Arm, Jette entspannt sich spürbar, ab jetzt wird es ein gutes Wochenende.

«Vielleicht sollten wir in ein Hochhaus ziehen», seufze ich.

Jette lacht: «Ja, sofort!»

Kaya jubelt: «Ich will ganz oben wohnen.»

Endlich sind wir wieder eine richtige Familie.

«Ich will ein Eis», quengle ich laut gegen den Wind.

«Kriegst du!», verspricht Kaya lachend.

Ich setze Jette zu Hause ab, sie will sich für ein, zwei Stunden hinlegen. Nur weil sie endlich wieder in Hamburg ist, muss sie sich ja nicht mit mir und Kaya über die Runden quälen. Das war die Botschaft, die ich auf dem Hochhausdach empfangen habe. Fernbeziehungen scheitern allzu oft am Gemeinschaftszwang während der Wochenenden. Das muss nicht sein! Also gehe ich mit Kaya zu den «Eisdeerns» um die Ecke, wo es das beste Eis der Stadt gibt. Alles wäre wunderbar, säßen nicht neben dem einzigen freien Tisch Susanna Holthausen-Karby und Frau Gercke.

Die beiden haben sich eine Menge zu sagen, da bin ich mir sicher: Frau Gercke hat vermutlich eben berichtet, wie verzweifelt ich meine Scheidung von Jette zu verdrängen versuche. Und Susanna steckt ihr, dass ich mit Anne ein Verhältnis angefangen und ihr genau an diesem Ort schon mal ganz offen in den Ausschnitt geschaut habe. Die Phantasien der beiden ergänzen sich perfekt!

«Na, wieder ohne Frau, du Nicht-Scheidungsvater?», höhnt Susanna.

Ich möchte am liebsten zurück aufs Hochhaus.

Und die beiden dort runterschubsen.

«Vorsicht! Du sprichst mit dem Elternvertreter deines Sohnes.»

«Papa ist der König vom Kindergarten!», kräht Kaya fröhlich dazwischen.

«So weit kommt das noch!», empört sich Frau Gercke, als sei ihre Position als Leiterin dadurch ernsthaft in Frage gestellt. Hektisch schiebt sie sich einen Bonbon zwischen die Zähne. Die isst die Dinger sogar zum Eis – und so was leitet eine städtische Einrichtung mit über zwanzig Angestellten!

«Wollen Sie die Wahl anfechten, Frau Gercke?» Ich kann nicht anders und schieße scharf.

«Das darf ich gar nicht», entgegnet sie schnippisch.

«Deswegen bist du noch lange nicht der König des Kindergartens!», stellt Susanna überflüssigerweise noch einmal klar.

Kaya ist maßlos enttäuscht: «Bist du doch nicht König, Papa?»

Ich habe das nie behauptet, das kommt von Heinz. Aber dahinter möchte ich mich nicht verstecken.

«Doch, doch, ich bin ein richtiger Kindergartenkönig. Aber eben nur ein kleiner. Der große Kindergartenkönig ist schon lange tot – der war König in einem Land, das nur aus Kindergärten bestand. Sein Name war – Nebrot.»

«Komischer Name», sie setzt sich auf meinen Schoß: «Erzähl weiter.»

«Nebrot hatte eine kleine Tochter, die hieß Ayak.»

«Auch komisch.»

«Die Namen werden rückwärts gelesen, von hinten nach vorne, in unserer Sprache heißen sie ‹Torben› und ‹Kaya›.»

Ich bin von meiner Kreativität selber ein bisschen überrascht. Das kam mir einfach so – Frau Gercke und Susanna sollen mich dafür ruhig ein bisschen bewundern!

Kaya überlegt: «Verstehe ich nicht.»

«Wieso?»

«Was ist ‹rückwärts gelesen›?»

Klar, wie soll Kaya das verstehen? Sie kann ja nicht mal vorwärts lesen.

Ich höre Susanna hinter mir hetzen: «Nicht einmal ein altersgemäßes Märchen kriegt der hin!»

Ich erzähle die Geschichte von Nebrot und Ayak weiter und kümmere mich nicht um Susanna und Frau Gercke: «Irgendwann schaute Ayak aus dem Fenster ihres Kindergartens und sah, dass das ganze Gebäude hoch in den Wolken schwebte. Sie rief ihre Erzieherin, aber die war gerade mit Aufräumen beschäftigt und wollte ihr nicht glauben. Dann kam sie doch ans Fenster und staunte: ‹Wir fliegen ja in echt! Aber wohin bloß?› Keiner wusste das, bis sich das Haus tief und tiefer senkte. Es wurde immer wärmer, so warm wie es in Deutschland nur an wenigen Tagen wird, und schließlich landete der

Kindergarten in einer kleinen Hafenbucht. Ayak erkannte den Ort sofort, es war El Cotillo auf Fuerteventura ...»

Der Ort, in dem wir letztes Jahr Urlaub gemacht haben.

Susanna und Frau Gercke hören schweigend mit. Kaya drängelt: «Weiter!»

«Die Kinder wollten baden gehen, aber im Hafen war das zu gefährlich. Ayak wusste, wo die Strände lagen, und führte alle Kinder und Erzieherinnen dorthin. Sie ging voran, alle anderen hinterher. Dann badeten alle Kinder, und zum Mittagessen gingen sie in den Kindergarten zurück, der am Hafen wartete. Als alle eingestiegen waren, flog er zurück nach Hamburg.»

«Und dann?»

«Nebrot, der Kindergartenkönig, holte seine Tochter, Prinzessin Ayak, wie jeden Mittag ab, und sie erzählte ihm, dass sie am Vormittag in El Cotillo waren. Nebrot dachte, sie spinnt, aber die Erzieherinnen sagten: ‹Ayak hat recht, wir sind tatsächlich dort hingeflogen!› Nebrot staunte, und die beiden gingen nach Hause, um zu spielen.»

Frau Gercke verzieht ihr Gesicht: «Heydorn ist natürlich der König.»

Susanna nickt: «Der klebt so sehr an seinen patriarchalischen Mustern, dass es einem fast schon wieder leidtut.»

Morgen werde ich Susanna töten.

Und mit «töten» meine ich nicht einfach nur «schwer verletzen»!

21 | Landpartie

Ich habe mir zwei Tage frei genommen, da kann Schwella sagen, was er will. Seit Jette wieder abgereist ist, wirkt Kaya irgendwie bedrückt. Zeit für einen Bestimmertag! Kaya darf ansagen, was wir machen, einzige Einschränkung: Die «Eisdeerns» sind kein Ausflugsziel. Eis und Süßigkeiten werden also begrenzt. Doch das, so stellt sich heraus, ist das geringste Problem …

Kaya will auf einen Ponyhof. Und der liegt in einer der schönsten Gegenden dieses Landes. Wie oft sieht man schon einen Autobahnzubringer, der gesäumt ist von blühenden Apfelbäumen?

Der Weg von der A 20 nach Zarrentin ist ein einziges Versprechen: Hier wirst du auf mächtige Eiszeitseen treffen und nicht auf modrige Parkteiche! Wilde Natur erlebe ich sonst ausschließlich im Fernsehen, in Farbbildbänden und auf Erinnerungsfotos (der Blick vom Hotelfenster auf die Weinberge, die untergehende Sonne im Ozean usw.). Kulturpessimisten mögen das als Entfremdungseffekt geißeln, aber auch die wohnen zu 99% in der Stadt und benutzen im Winter ihre warme Dusche.

Machen wir uns doch nichts vor: Ungefähr zwei Drittel aller Menschen leben in Städten, viele davon an Ausfallstraßen, in diffus zersiedelten Vororten oder in Hannover. Und sie sind trotzdem ausgeglichen, zufrieden und glücklich! Angeblich führen urbaner Stress und Hektik ja zu körperlichen Krankheiten – aber warum sterben die Menschen auf dem Land dann genauso früh wie in der Stadt?

Abgesehen davon würde ich nach einem Vierteljahr ohne Straßencafés, U-Bahnen und Sushi-Läden mit Sicherheit unter schwersten psychosomatischen Störungen leiden: Man kann auch an Verödung sterben, davon bin ich überzeugt, und das ist bestimmt kein schöner Tod!

Natürlich sehnen wir Städter uns gelegentlich nach dem Landleben – nicht nach dem eines hartarbeitenden Bauern, versteht sich. Ein Wochenendhaus am See oder am Meer – mehr wollen wir gar nicht. Zugegeben, ich kann kaum einen Vogel oder eine Pflanze mit Namen benennen, aber ich freue mich trotzdem an ihnen. In Neubaugebieten deprimiert mich immer wieder aufs Neue die Baumlosigkeit. Fast immer sehen diese Orte aus wie Außenstellen der Teletubbies. Seltsam öde Flächen, darauf stehen Bauwerke ohne Gebrauchsspuren, die Baumkronen befinden sich auf Augenhöhe – hier singen keine Vögel, jeder kleine Windhauch vergreift sich an dem Sand zwischen den dünnen Rasenstängeln und trägt ihn mit sich fort.*

Doch Kaya und ich sind nicht aufs Land gefahren, um Bäume zu benennen oder unsere Lebenserwartung zu erhöhen, sondern weil wir auf einen Ponyhof wollen. Kaya hatte den Schwarz-Weiß-Prospekt am Schwarzen Brett in unserem Kindergarten entdeckt und wusste sofort: «Da hin!»

Allerdings ist es gar nicht so einfach, «da» hinzukommen. Die wenigen Dörfer scheinen verlassen, und, anders als am

* Vgl. Nebe, Volkmar, «Allein unter Spielplatzmüttern», Seite 189 ff.

Flughafen, ist nichts ausgeschildert. Leider habe ich den Prospekt zu Hause vergessen und die Wegbeschreibung nur noch schemenhaft im Kopf. Ergebnis: Ich verfahre mich auf den kleinen Straßen bis ins Nirgendwo. Letzteres liegt in einer Sackgasse, hinter Büschen an einem kleinen Teich. Dort sitzt eine einsame Gestalt und angelt.

Ich lasse Kaya im Wagen und kämpfe mich durch die Büsche. Der Angler trägt eine alte Jacke der DDR-Volksarmee und einen Imkerhut gegen Milliarden von Mücken, die ihn umkreisen.

«Entschuldigung ...»

Der Mann schaut weiter aufs andere Ufer und zieht an seiner Angel.

«Wasss willls du?»

Neben ihm stehen eine leere Flasche Billigwodka und einige Biere, er ist vollkommen betrunken.

«Zum Ponyhof?»

Kaya bekommt neuerdings die Gurte auf und kann über die Vordersitze alleine aus dem Wagen klettern. Plötzlich steht sie neben mir: «Papa, was hat der Mann? Ist der krank?»

«Im Gegenteil, ich bin der einssje Gesunde hiä in der ganssen Gegend. Sons' sind alle krank – alläää! Ihä müsss aufpasssen, dasss ihä euch nich' ansteckt von denen.»

Ich bin nicht gerade amüsiert darüber, dass meine Tochter mit Menschen verkehrt, die schon um 14:23 Uhr derartig voll sind. In der städtischen Vielfalt geht so etwas in der Regel unter (auch dies ist unbedingt ein Vorteil).

«Und der Ponyhof ...?»

Er beschreibt uns den Weg, so gut er kann in seinem Zustand.

«Das wird ja wohl ausgeschildert sein.»

«Die Schildä reißen ir'nwelche Idioten immä wiedä ab.»

Vandalismus im Naturschutzgebiet? Wer steckt dahinter? Wilderer? Ich bedanke mich artig, und wir gehen zurück zum Wagen.

«Ich will in den Wald!», bettelt Kaya.

«Okay.»

«Echt? Kostet das nix?»

«Die Natur ist für alle da, da kann man einfach so hineingehen», lache ich und streichele ihr über den lockigen Kopf.

Wie sehr ich mich irre!

Kaya rennt vor, ich hinterher. Es riecht nach Kiefernharz, Holz und Waldmeister. An einem sonnigen Tag wie diesem ist dies eigentlich der falsche Ort, schattig und kühl nämlich, bis auf die prächtigen Lichtdome, die sich hier und dort im dichten Grün auftun. Kaya ist zunächst total begeistert und springt wie ein junges Reh zwischen den Bäumen hindurch, ich tripple hinterher. Wenn mal ein Stock pikst, beschwere ich mich ja nicht – aber dreimal spitz in denselben Ratscher? Das wird eine echte Wunde und tut ernsthaft weh!

Außerdem sacke ich mit dem Fuß andauernd in unvorhersehbare Kuhlen und knicke mehrmals gefährlich mit dem Knöchel ab. Und was man immer vergisst, wenn man Ansichtskarten und Poster von idyllischen Landschaften anschaut, sind die Tiere. Ich meine nicht die großen – wie Hirsch, Wildschwein, Fuchs und Dachs –, sondern die Milliardenschwärme fieser Insekten und ihre nie enden wollenden Attacken auf jede freie Körperstelle. Die Biester stechen gnadenlos zu. Schon jetzt spüre ich entzündliche Beulen wachsen. Sie haben es viel zu leicht mit uns: Bei weit über zwanzig Grad stapfst du eben nicht in Skianzug und Motorradmaske durch den Wald.

Der gemeinste Mückenstich sitzt auf meinem Augenlid, ich fühle mich wie ein Boxer nach einer k.-o.-Niederlage. Auch Kaya wird quengelig, sie ist – wie ich – an Armen und im Gesicht total zerstochen. Diejenigen, die mich jetzt als Weichei hinstellen wollen, müssen mir wenigstens zugestehen, dass man deswegen schlechte Laune bekommen kann!

Mein Plan war, dass wir uns eine halbe Stunde lang verlaufen, das sollte Kaya Respekt vor der Natur lehren. Dann träfen wir wieder auf irgendeinen beschilderten Weg. Tun wir aber nicht.

Auch nicht nach einer Dreiviertelstunde.

Es ist lächerlich – wir befinden uns doch nicht im Amazonas-Delta oder im Regenwald, sondern im dichtbesiedelten Mitteleuropa!

«Halt! Stehen bleiben!»

Die Männerstimme ist scharf und schneidend, Unteroffizierton. Ich halte das für einen schlechten Witz. Historisch gesehen befinden wir uns im ehemaligen Grenzgebiet, aber die werden kaum in den letzten Stunden eine neue Mauer hochgezogen haben, oder?

Ich drehe mich um und sehe – niemanden.

«Schnell weiter!», raune ich Kaya heiser zu.

Eine irrationale Angst vor einem Gewaltverbrechen steigt in mir hoch, und diese Angst ist vollkommen berechtigt, sie stammt noch aus der Zeit, in der ich als Zehnjähriger mit meinen Eltern im Bademantel vor dem Fernseher saß. Krimis, Gewalt und Sex durfte ich niemals sehen, aber «Aktenzeichen XY» immer. Schließlich wurden da flüchtige Verbrecher gesucht – und der kleine Torben hätte ja durchaus etwas bezeugen können!

Die kurzen XY-Einspielfilme sind bis heute das Grausamste, was ich im Fernsehen je gesehen habe. Sämtliche Darsteller waren keine Schauspieler, sondern unbegabte Laien, deren Stimme am Ende jedes Fragesatzes nach unten fiel, statt nach oben zu gehen – was das Ganze bedrückend realistisch machte. Dazu raunte der Off-Kommentator in tiefem, sonorem Ton, der beim TV-Publikum sämtliche Urängste auf einmal mobilisierte (bei Kindern wie mir funktionierte das allemal): «Es war an einem heißen Sommertag, der zehnjährige Matthias und seine kleinere Schwester Nicole spielten wie immer in dem kleinen Waldstück hinter ihrem Elternhaus …» Horror! Man wusste einfach: Das wird böse enden!

Ich hätte am liebsten laut losgeschrien: «Hört auf zu spielen und rennt, so schnell ihr könnt, zurück ins Haus.» Aber der Film war nicht aufzuhalten. Mitten im Wald weiteten sich dann plötzlich die Augen der Kinder, und sie schrien in schlechtgespielter Panik: «Ahhhhh, eine Leiche.»

Diese Leiche wurde zwar nie gezeigt, aber der Erzähler ließ keinen Zweifel aufkommen, dass sie bereits ungewöhnlich stark verwest war. Meine Angstschreie waren echt, allerschlimmste Phantasien die Folge. Ich bin bis heute XY-traumatisiert.

Obwohl mir ein Schauer nach dem anderen über den Rücken läuft, möchte ich meiner Tochter Kaya ein Vorbild sein und hier im Wald keine Angst zeigen.

«Bleiben Sie stehen!»

Jetzt entdecke ich den Mann zur Stimme: eine Mischung aus Förster und Polizist in einer schwer definierbaren grünen Uniform. Sein Gesicht ist von einem wolligen Vollbart überwuchert. Das sieht man heute selten, selbst unter Förstern, vermute ich.

«Freund oder Feind?», rufe ich. Der Spruch wurde in Berlin-Moabit von den desintegrierten Jugendlichen gut angenommen, warum sollte er nicht auch hier funktionieren?

«Räindscheäh», stellt sich der Mann vor.

Wie bitte? Ich bin verwirrt. Was soll das bloß heißen? Dagegen sprach unser vollgetankter NVA-Angler ja das reinste Hochdeutsch!

Der Bärtige starrt mich ungeduldig an. Dann – nach einigen schrecklich langen Augenblicken – komme ich drauf: *Ranger*! In was für einem verwirrenden Land wir doch leben: Ganz offiziell koexistieren der «Amtmann» und «Hauptkommissar» mit «Räindscheähn».

Nun gut, man hat halt ein modernes Wort gesucht und weit über den eigenen Tellerrand hinaus in die globalisierte Welt gespickt. Und das hat ja auch sein Gutes: Wenn sich ausländische Touristen, zum Beispiel aus Japan, an den Schaalsee verirren, erkennen sie gleich, mit wem sie es hier zu tun bekommen – mit Ranger-san.

Unser Ranger-san ist leider gar nicht gut gelaunt, von asiatischer Zurückhaltung keine Spur. Seine Augen funkeln böse. Dieser Mann hat nicht nur das Gesetz, sondern auch die Moral auf seiner Seite. Menschen wie ich sind in seinen Augen mutwillige Naturzerstörer, die das Ozonloch quasi mit bloßen Händen weiter aufreißen. Ich bin Kaya einfach hinterhergelaufen und habe nicht daran gedacht, dass dies eine Naturschutzzone sein könnte, die wir nicht betreten dürfen. Bin ich deswegen ein schlechter Mensch?

Kaya klammert sich verschüchtert an mein Bein. Sie weiß nicht, wer im Recht ist, Räindscheäh oder ihr Vater. Ihretwegen bemühe ich mich, eine gute Figur zu machen. Ich werde ruhig bleiben und sachlich diskutieren. In Italien zum Beispiel lassen die Carabinieri durchaus über den Sinn einer Strafe mit sich reden. Warum sollte das nicht auch hier funktionieren? Wir leben schließlich im vereinigten Europa …

«Wie können wir die Natur schätzen und schützen lernen,

wenn wir sie gar nicht erleben dürfen?», starte ich einen lauen Rechtfertigungsversuch.

Unser mecklenburgischer Ranger ist jedoch weder Carabinieri noch Philosoph, sondern Vollstrecker geltenden deutschen Rechts.

«Fünfzig Euro!», antwortet er und verlangt meinen Personalausweis.

Als ich nachfrage, ob ich auch mit Karte zahlen kann, wird er richtig giftig, was ich nicht verstehe. Ist man verpflichtet, im deutschen Wald immer genug Bargeld mit sich zu führen?

Nachdem ich meine Schulden beglichen habe, führt er uns missmutig auf den rechten Weg zurück, der natürlich gar nicht so weit entfernt ist. Dann verschwindet er grußlos im Gebüsch – er darf das ja. Vorher warnt er mich, das ja nicht noch einmal zu probieren.

In der Stadt würde ich jetzt mit Kaya in die nächste U-Bahn springen und als Entschädigung zu «McDonald's» fahren, wo sich alle Naturschänder zur hemmungslosen Ressourcenverschwendung treffen. Aber so wie die Dinge liegen, suchen wir erst mal weiter nach diesem verflixt gut versteckten Ponyhof.

22 | Ähpsnsuppäh

Hinter einer verfallenen Ruine biegen wir rechts ab, passieren noch einige Kilometer zwischen Nirgendwo und Niegesehn – um uns hinter einem kleinen Waldstück endlich auf dem Ponyhof wiederzufinden. Anders als im Märchen besteht der abgelegene Hof nicht aus Lebkuchen, sondern aus gemeinem, bröckeligem grauem DDR-Beton, der seit der Wende nicht mehr geweißelt worden ist. Das schmucklose Wohngebäude war früher wohl das Büro der Genossenschaft. Gegenüber befindet sich ein langgezogener, riesiger Schweinestall, in dem man Pferde wiehern hören kann. Daneben steht eine zweistöckige Halle, die aussieht wie ein Reifenlager. Durch die geöffnete Tür erkenne ich sorgfältig gestapelte Strohballen.

Vor dem Wohnhaus erstreckt sich ein asphaltierter Hof mit einem blühenden Apfelbaum in der Mitte – ein merkwürdiger Fremdkörper in dieser planwirtschaftlichen Tristesse. Auf einem glänzenden ovalen Messingschild neben der Haustür steht: «Ponyhof Holthausen». Na also.

Ich klingele, klopfe und rufe – niemand ist da. Auf einer Koppel hinterm Haus steht ein kräftiges Pferd, der Größe nach irgendwo zwischen Pony und Gaul anzusiedeln. Kaya stürmt sofort darauf zu, ihr Papa verfällt in seine klassische Beschützerrolle: «Pass auf, Kaya! Du weißt nicht, ob der lieb ist –»

Doch da steht Kaya schon auf der Weide. Es gibt ja nicht wenige Menschen, die schwärmen von Tieren mit eigenem Willen. Ich bin der Meinung, dass ein Tier mit einem eigenen Willen bitte in der Serengeti leben, mich aber nicht vor meiner Haustüre bedrohen oder mir ins Fahrrad laufen soll. Das gilt auch für Pferde!

Hinter mir höre ich Kies unter Reifen knirschen. Das werden die Besitzer sein! Stattdessen erwartet mich eine riesengroße böse Überraschung: Aus dem weißen BMW springt eine schlanke Frau um die dreißig, mit grünem Polohemd, engen ausgeblichenen Jeans und dem Gesicht von – Susanna Holthausen-Karby! Sie ist kaum wiederzuerkennen, ohne Business-Kostüm und Sorgenfalten.

«Was machst du denn hier», entfährt es mir. Wieso muss ausgerechnet *sie*, ausgerechnet *jetzt* und ausgerechnet *hier* reiten?

«Na, das ist ja eine reizende Begrüßung. Ihr könnt froh sein, dass ich da bin. Meine Eltern sind für ein paar Tage verreist – und alleine kommt ihr hier wohl kaum zurecht.»

Kann man so blöd sein? Erst jetzt verknüpfe ich den Ponyhof «Holthausen» mit «Holthausen-Karby»! Ist die piekfeine Susanna etwa hier aufgewachsen?

«Wo steckt denn Cornelius?», erkundige ich mich. Noch nie habe ich Susanna ohne ihren Sohn gesehen.

«Bei seinem Vater.»

So leise, wie sie das sagt, klingt es nach einer Niederlage. Ich frage lieber nicht nach. Das Pferd beugt sich zu Kaya hinunter und schnüffelt zärtlich an ihrem Nacken. Schon beim Zusehen stellen sich mir die Haare auf.

«Das ist ja 'n Ding», staunt Susanna. «Sonst geht Ruben immer gleich auf Fremde los.»

Meine Tochter – eine Pferdeflüsterin?

«Kayaaa!»

Kaya reagiert nicht. Sie ist vollkommen versunken in ihren Pferdetraum und streichelt die Nüstern des Pferdes.

«Nu lass sie doch!»

Pferdemädchensolidarität hört wohl nie auf. Ich bin bis heute nicht dahintergestiegen, warum sich Mädchen ab drei Pferdeposter ins Zimmer hängen und Jungen nicht. Meine jüngste Erfahrung lässt genetische Ursachen vermuten: Ich habe Kaya genau beschrieben, dass und warum ein Porsche ein tolles Auto ist, wie schnell es fährt usw. Das hat sie auch beeindruckt. Trotzdem wünscht sie sich ein Pferd nach dem anderen.

«Meine Eltern sind zu Besuch in Hamburg, und ich kümmere mich indessen um den Hof», erklärt Susanna.

Kaya hört auf, das Pferd zu streicheln. Doch das Pferd will mehr und sucht mit der Schnauze Kayas Hand.

«Ekelig», rutscht es mir raus.

Susanna schaut mich abfällig an: «Du bist ein echter Tierfeind, was?»

«Das kann man so nicht sagen, ich esse Tiere richtig gerne», bekenne ich.

Sie verzieht keine Miene: «Deine Tochter kann einem leidtun!»

«Kann Kaya vielleicht mal reiten? Ich möchte, dass aus ihr mal etwas Besseres wird als ihr Vater.»

Susanna verschwindet wortlos im Stall und kommt mit Zaumzeug und Sattel wieder. Vorher hätte ich sie mir allenfalls als Dressurreiterin vorstellen können, aber sie kann wirklich zupacken. Und in Gummistiefeln gefällt sie mir erstaunlich gut.

Susanna setzt Kaya auf Ruben, der ein Fjordpferd ist, wie ich lerne: Fjordpferde sind größer als Ponys und kleiner als normale Pferde, ihre hochstehende Mähne kennt man von den Irokesen-Schnitten der Punker. Fjordpferd Rubens Mähne ist sogar fast genauso bunt, längs durch die Mitte läuft ein merkwürdiger dunkler Strich, der nach meinem Gefühl da nicht hinpasst.

«Ist die Mähne echt, oder wird so was eingefärbt?», interessiere ich mich höflich.

Susanna verzieht keine Miene: «Eingefärbt, was denkst du denn?»

«Echt?»

Sie schüttelt verständnislos den Kopf: «Glaubst du im Ernst, dass ich mit Haartöner an Rubens Fell gehe?»

Susanna führt Kaya und den Hengst geduldig am Zügel über die Koppel. Kaya jauchzt, sie fühlt sich wie Connie, ihre Heldin aus dem gleichnamigen Bilderbuch. Sie reitet mehr Runden als alle Kinder zusammen auf dem letzten Nikolausbasar der St.-Lukas-Gemeinde in Hamburg-Fuhlsbüttel.

Eine gute Gelegenheit, Jette anzurufen. Aber wo ist mein Handy? Ich durchsuche jeden Winkel des weißen Nissans – nichts. Dann laufe ich den gesamten Hofplatz ab.

Kann das sein?

Ich muss es sofort wiederhaben!

Verzweifelt durchsuche ich auch die unwahrscheinlichsten Ecken und Nischen. Schließlich muss ich mich der bitteren Wahrheit stellen: Ich habe es im Naturschutzgebiet verloren. Wir müssen sofort zurück in den Wald. Leider wird es schon dunkel – ich brauche eine starke Taschenlampe!

Kaya ist mit Susanna in den Stall gegangen und bürstet Ruben, was mir eigentlich nicht recht ist. Am liebsten möchte ich diese Aktion mit einem Betäubungsgewehr in der Hand sichern, falls das Tier plötzlich tollwütig wird. Sein Schweif peitscht jetzt schon bedrohlich hin und her. Vielleicht hätte ich ein besseres Verhältnis zu Tieren, wenn sie nicht so riechen würden.

Ich erkläre Susanna meine verzweifelte Lage.

«Mit 'ner Taschenlampe allein wirst du im Wald nix finden.» Da ist sie sicher. «Das Handy ist viel zu klein.»

«Leihst du mir deins – nur für ein, zwei Stunden?»

«Häh?»

«Damit könnte ich durch den Wald gehen, meine Nummer anrufen und hören, wo mein Handy klingelt.»

«Guter Plan», findet Susanna. «Aber ich habe kein Handy dabei.»

Ich glaube ihr kein Wort.

«Musst du nicht erreichbar sein? Allein schon wegen Cornelius!»

«Wenn ich bei meinen Eltern bin, lege ich immer eine Handypause ein. Kann ich nur empfehlen.»

«Dann muss ich mir irgendwoher ein anderes besorgen.»

«Heute wird das nix mehr.»

Verdammt! Ich zermartere mir den Kopf nach einer Lösung.

«Können Kaya und ich heute Nacht hier schlafen? Dann könnte ich bei Sonnenaufgang weitersuchen.»

«Klar.»

Kaya bettelt: «Schlafen wir im Heu? Bitte, Papa!»

Also gut.

Susanna lächelt, setzt sich an einen kleinen, verwitterten Holztisch im Garten und schneidet mit einem großen, scharfen Fleischermesser Speck in Würfel. Dabei drückt sie ihren Unterkiefer an den Hals, sodass ein unvorteilhaftes Doppelkinn entsteht. Irgendwie erfüllt mich das mit Genugtuung. Susanna freut sich so sehr auf das derbe Essen, dass sie schon beim Schnippeln leise vor sich hin schmatzt. Immer häufiger fällt sie in den mecklenburgischen Dialekt zurück, was seltsamerweise überhaupt nicht aufgesetzt klingt: «Mööcht ihä Ähpsensuppäh?»

«Mach dir keine Umstände.»

«Mööööcht ihä nu Ähpsensuppäh, oder nich?»

«Klar.»

«Ist nich gerade was fürn Frühsommer, aber wenn ich hier draußen bin, brauche ich das einfach.»

Ist das Susanna Holthausen-Karby?

Oder ein anderer Teil ihrer gespaltenen Persönlichkeit?

Nimmt sie in der Stadt regelmäßig Medikamente, um die Landfrau in sich zu unterdrücken?

«Kann ich dich mal was Persönliches fragen?»

«Nein.»

Alles klar. Sie ist es doch.

Susanna lacht. «Du fragst dich, wie es sein kann, dass ich von hier komme?»

Nicht schlecht.

«Irgendwie habe ich mir immer vorgestellt, Therapeuten stammen aus der Großstadt ...»

«... und ihre Eltern sind meist selber Therapeuten oder wenigstens Lehrer, was?»

Sie schüttet die Speckwürfel in einen großen Nirosta-Topf. Ich bin offensichtlich leicht zu durchschauen. Susanna erzählt, wie sie mit Bauern-, Fischer- und Soldatenkindern in einem intakten Naturparadies mit Störchen und Seeadlern aufwuchs – was furchtbar war, denn sie durften die festen Wege nie verlassen. Dort bestand akute Lebensgefahr: Der Wald war vermint, außerdem gab es Selbstschussanlagen.

Während sich die Natur ungehindert entfalten und entwickeln konnte, fühlte sich Susanna wie im Knast. Andere Bürger der DDR durften das Grenzgebiet am Schaalsee nur mit Sondergenehmigung betreten. Darum bekamen die Holthausens so gut wie nie Besuch von außerhalb – spontan schon gar nicht.

Als ihre Eltern nach der Wende einen Ponyhof eröffneten, war sie endlich alt genug, um nach Hamburg zu ziehen und dort Psychologie zu studieren. Nach dem Abschluss fehlte Susanna Holthausen allerdings noch ein wichtiges Statussymbol: Doppelnamen sind für Therapeuten genauso wichtig wie der gebrauchte 3er-BMW für Maurer. Sie erwarb sowohl den BMW als auch den Doppelnamen durch ihre Hochzeit mit dem Orthopäden Dr. med. Holger Karby, der allerdings nicht besonders gut zu ihr passte. Zum Glück nahm er sich den unfähigsten Scheidungsanwalt der Stadt, sodass Susanna und Cornelius nun sorgenfrei bis zur Rente und darüber hinaus leben können.

Kaya isst dreimal so viel wie sonst, ich ebenfalls. Danach spielen wir in der Dunkelheit mit einem leuchtenden Federball. Gegen zehn gehen wir mit Decken in die Scheune und legen uns ins Heu. Kaya fordert noch eine Geschichte mit Fjordpferden von mir, fällt aber schon nach den ersten Sätzen in den Tiefschlaf.

Ich setze mich draußen zu Susanna an den Tisch. Über uns wölbt sich ein Sternenhimmel, wie ich ihn seit Ewigkeiten nicht gesehen habe. Ich entdecke sogar den Großen Wagen, das einzige Sternbild, das ich ohne Buch bestimmen kann.

«Einige Sterne sind längst verglüht, während wir sie noch immer da oben stehen sehen», seufze ich. «Faszinierend, nicht?»

Plötzlich berühren sich, mehr aus Versehen, unsere Knie. Da sich das gut anfühlt, hat keiner von uns Lust, das wieder aufzuheben. Also verharren wir so.

«Ein gutgezapftes Pils dauert drei Minuten», antwortet Susanna, «und das gesamte Weltall entstand in sechs Sekunden.»

Man kann es nicht kapieren – es gibt auf dieser Welt viel mehr Fragen als Antworten: Ist die SIM-Karte, auf der alle Daten gespeichert sind, eigentlich wasserdicht? Was ist, wenn mittlerweile ein wichtiger Informant in Sachen Anne Marquart auf meinem Handy angerufen hat?

Knie an Knie schauen wir weiter in die Sterne und quatschen, was uns gerade einfällt – bis ich vollkommen einverstanden mit dem Universum neben Kaya ins Heu falle und sofort einschlafe.

23 | Landpartie II

Die Morgensonne scheint durch einen Spalt im Scheunendach auf das Fußende meiner roten Decke. Das Heu, auf dem ich liege, ist zwar weich, riecht aber sehr kräftig. Ich kann Kaya draußen lachen hören. Sicher ist sie auf dem Hofplatz bei Susanna, mir scheint, die beiden flüstern miteinander. Dann höre ich, wie sie sich hinsetzen. Susanna liest eine Geschichte vor: «Das Wetter war umgeschlagen und die Luft so neblig, dass man kaum noch etwas sehen konnte. Lautlos, wie ein Geisterschiff, trug die Strömung ‹Kranich›, den Schwimmkran, in den Hauptkanal von Fritztaun hinein. Leos Mutter hatte die Turbinen abgestellt. Leo sah gespannt aus dem Fenster der Krankabine. Fritztaun sah aus wie eine Dschungelstadt, die vor vielen Jahren verlassen worden war. Die Häuser waren im Laufe der Zeit von Schlingpflanzen und riesigen Farnen überwuchert worden. Als Leo etwas genauer hinsah, entdeckte er, dass die Häuser gar keine richtigen Häuser waren, sondern Schiffe, die man an Land gezogen hatte. Auf ihren Dächern wuchsen Bäume und Büsche, deren dünne Äste über die Wände bis hinunter ans Wasser reichten. Sie sahen aus wie lange, dicke Haare – und jedes Haus hatte eine andere Frisur. Einige trugen die Schlingpflanzen zu Zöpfen geflochten, andere wuchsen wild und lockig. Es gab welche mit Mittelscheitel, bei denen die Äste zur Seite hingen. Natürlich gab es auch ordentliche Seitenscheitel, und auf einem der Häuser wuchsen sogar stoppelige Kakteen.

‹Das sieht fast aus wie mein Kopf›, erkannte Leo. Dann kam die Sonne heraus, und sie konnten über die Grasdächer der Stadt schauen. Es gab keine einzige Straße hier, nur Kanäle, aber auf den Stegen zwischen den Häusern konnte man Rad fahren, und auf einem flachen Grasdach entdeckte Leo sogar einen Fußballplatz.»

Fritztaun ist der perfekte Platz zum Leben!, seufze ich innerlich, das Beste von Venedig, Amsterdam und Kopenhagen – fehlt nur noch das milde Klima des Mittelmeers.

«Ich habe mir diese Stadt als kleines Mädchen ausgedacht, weil ich mein Land nicht verlassen durfte», verrät Susanna der ungläubigen Kaya. «Das habe ich selber geschrieben.»

«Und wenn man immer und immer und immer weiter ging in deinem Land?»

«Dann kam man an einen Zaun, und über den kam man nicht rüber.»

«Nicht mal mit einem Hubschrauber?»

«In meinem Land gab es blöderweise keine Hubschrauber, jedenfalls nicht für normale Menschen.»

«War das ein echtes Land oder ein Märchenland?», will Kaya wissen.

Susanna zögert: «Auf jeden Fall ist der Zaun irgendwann umgefallen, und ich bin nach Fritztaun gezogen.»

«Das gibt's in echt?»

«Aber ja. Es heißt nur anders – nämlich Hamburg.»

«In Hamburg sind doch keine Pflanzenfrisuren auf den Häusern!»

«Du kennst die geheimen Kanäle nicht …»

«Du spinnst!»

«Frag deinen Vater.»

Auf dieses Stichwort hin wühle ich mich aus dem Heu und trete auf den Hof: «Moin!»

Kaya sitzt auf Susannas Schoß vor einem üppig gedeckten Frühstückstisch. Ich gebe ihr einen Kuss und zupfe etwas Heu aus ihrem Haar. Susanna trägt wieder enge Jeans und ein altes, verwaschenes T-Shirt – was ihr grandios steht.

Wir schauen leicht verlegen aneinander vorbei. Der Kniekontakt vom Vorabend ist uns beiden sehr bewusst und nun etwas unangenehm. Keiner von uns würde darüber reden, das würde die Geschichte nur größer machen, als sie ist.

Susanna hat sich unglaublich ins Zeug geworfen: Spiegeleier, selbstgemachte Marmelade und Brötchen stehen in der Morgensonne unter dem blühenden Apfelbaum. Das Ganze wäre allerdings noch idyllischer, wenn ich mein Handy schon wiederhätte.

«Papa, gibt es geheime Kanäle in Hamburg?»

«Ja.»

«Die will ich sehen!»

«Da kommt man nur mit dem Boot hin.»

«Oder mit einem Schwimmkran», ergänzt Susanna.

Für Kaya steht fest: «Da will ich hin!»

«Mann, sind das Vorgaben!», bedanke ich mich bei Susanna, «Fritztaun ist haargenau der Ort, an dem ich leben mö–»

«Wie geht es weiter mit deinem Handy?», würgt Susanna mich ab.

«Am besten, ich kaufe mir im nächsten Ort ein neues und wähle so lange, bis ich das andere klingeln höre.»

«Bis die Läden aufmachen, hast du noch zwei Stunden.»

«Ich probiere es lieber schon mal so.»

Dass ich sofort loswill, stört Kaya nicht im Geringsten, denn sie will so schnell wie möglich zu Ruben. Mir tut es leid um das wunderbare Frühstück, deshalb esse ich rasch noch etwas Spiegelei und ein Wurstbrötchen, die sich bald schon als dringend benötigte Grundlage für Hochprozentiges erweisen sollten.

Das Handy mit bloßem Auge im Wald zu entdecken scheint aussichtslos, aber ich will es probieren. Leider habe ich große Schwierigkeiten, überhaupt den Teich zu finden, von dem aus wir losgegangen sind. Am liebsten würde ich jetzt schon aufgeben. Doch dann habe ich unwahrscheinliches Glück: Der Angler mit der Grenzer-Jacke hockt wieder an derselben Stelle. Seine Wodkaflasche ist frisch angebrochen, und mehr als zwei geleerte Biere sehe ich auch nicht.

Ich erkläre ihm kurz mein Problem und frage ihn, ob er mir sein Handy für zwei Stunden leihen kann. Als Belohnung halte ich ihm einen Fünfzigeuroschein hin.

«Dieser Scheiß-Urwald verschlingt alles», stöhne ich.

Ein Satz wie aus einem Abenteuerroman, und das mitten in Mecklenburg!

Der Grenzer ist skeptisch: «Der Handyakku hat bestimmt längst schlappgemacht!»

«Ich muss es probieren.»

«Außerdem wird Holgi dich jagen.»

«Holgi?»

«Der Ranger. Wenn der mitbekommt, dass dein Handy in seinem heiligen Wald liegt, bist du dran wegen Sondermüll.»

«Nicht im Ernst.»

«Der is so!»

«Ich brauche mein Handy aber!»

«Du riechst ziemlich streng nach Pferd», beschwert er sich völlig zusammenhanglos und zieht die Nase kraus.

Das muss man sich bieten lassen von einem, der aus jeder

Pore nach Alk stinkt! Aber ich schweige natürlich, denn ohne ihn geht gar nichts.

Er führt mich zu seinem nagelneuen japanischen Pick-up mit Doppelkabine und zerrt einen Metalldetektor von der Ladefläche. «Damit habe ich in Mallorca am Strand so manchen Euro entdeckt.»

Wäre das hier Kino und nicht das echte Leben, hätte ich ihm durchaus abgenommen, dass er in der DDR Grenzer gewesen ist und noch heute, Jahrzehnte nach dem Mauerfall, an der ehemaligen Grenze in seiner zerschlissenen Uniform ausharrt und von den alten Zeiten träumt. Stattdessen outet sich Hubert als Busfahrer aus Steinhagen in Ostwestfalen. Früher kutschierte er Musiker in Schlafbussen durch Deutschland und ganz Europa. Seine bekanntesten Kunden waren der Kinderliedermacher Rolf Zuckowski und der Jazzer Jasper van't Hof (leider kam es nie zu einem gemeinsamen Auftritt).

Ich nehme Huberts Handy und wähle meine Nummer. Es ist nichts zu hören. Also ein paar Schritte gehen und den Daumen auf die Wahlwiederholung drücken. Der falsche Grenzer setzt sich indessen Kopfhörer auf und sucht mit seinem tellerförmigen Metalldetektor den Waldboden ab. Man sollte meinen, ich müsse mich erinnern, wo Kaya und ich entlanggegangen sind. Schließlich ist das keine 24 Stunden her. Doch kaum haben meine Sohlen den Waldboden berührt, verliere ich jede Orientierung. Ein Baum ist wie der andere – jedenfalls wenn man kein Waldmensch ist.

Die Insekten sind um diese Zeit schon erstaunlich aktiv. Ich fange mir einen Stich nach dem anderen ein. Es ist zum Verrücktwerden! Und was mich am meisten ärgert: Der falsche Grenzer wird von ihnen überhaupt nicht angeflogen – wahrscheinlich schützt ihn der Alkohol.

Die Tannen werden immer dichter, wir kommen kaum voran. Alle zwei Minuten wähle ich meine Nummer und lausche in den Wald hinein. Es ist erstaunlich, wie viele Geräusche hier zu hören sind: knackende Äste, ein hämmernder Specht, Singvögel und das Rauschen der Nadeln in der leichten Brise. Nur mein blödes Handy ist nicht zu orten, wahrscheinlich ist der Akku wirklich alle.

Inzwischen bin ich mir vollkommen sicher: Ich habe gestern *den* entscheidenden Anruf verpasst! Ich hatte einem Hacker in den USA auf Band gesprochen und um Rückruf gebeten. Wäre nicht alles anders gekommen, hätte Jette ihren Job in Berlin womöglich heute schon sausenlassen, weil ich ganz groß rausgekommen wäre!

Ach, Schwamm drüber.

Der Grenzer hat seinen Kopfhörer übergestülpt und führt seinen Metalldetektor wie ein Minensucher vor sich über den Waldboden. So werden wir mein geliebtes Telefon niemals finden, es sei denn, er sucht das gesamte Flurstück systematisch ab. Das würde Monate dauern!

Ich fasse ihn am Arm. Er reißt die Kopfhörer herunter.

«Lass uns aufgeben», bitte ich frustriert.

«Oje», stöhnt er, was sich nicht auf mich bezieht, sondern auf den Mann, der eben hinter meinem Rücken auftaucht. Ich fahre herum und sage ebenfalls: «Oje.»

Es ist Holger, der Ranger.

«Moin!»

Ranger-san kommt grinsend auf uns zu und nimmt einen kräftigen Schluck aus einem Flachmann, den er an mich weiterreicht. An sich ekele ich mich davor, morgens um acht schon Hochprozentigen aus einer vollbärtigen Rangerflasche zu trinken. Ich mache es nur, um Geld zu sparen (eigentlich ein schöner Grund zum Trinken). Möglicherweise kann meine Kumpeligkeit eine erneute Geldstrafe verhindern. Rangersans Anschiss hallt trotzdem schon in meinen Ohren: «Was suchen Sie schon wieder in der Naturschutzzone? Habe ich mich gestern nicht klar und deutlich ausgedrückt?»

Doch Holgi steht offenbar vollkommen neben sich. «Versteh einer die Frauen!», staunt er, während der Grenzer einen kräftigen Schluck nimmt. «Gestern streiten sie, schreien und heulen – und heute ...»

Ich unterbreche ihn: «Sie haben nicht zufällig ein Handy gefunden?»

Er greift in die Hosentasche seiner grünen Cargohose und hält ein Handy hoch: «Dieses hier vielleicht?»

Mein Handy!

Ich reiße es ihm aus der Hand, er protestiert nur sanft: «Nu mal langsam.» Dann wendet er sich an meinen Begleiter: «Das ist heute der beste Tag in meinem Leben!»

Was gibt es nur um acht Uhr morgens schon zu feiern? Egal. Ich habe andere Sorgen. Das Handydisplay zeigt sieben neue Anrufe – alle von Jette, nichts Jobmäßiges.

Ich bin total frustriert und rufe Jette zurück. Sie ist ganz aufgebracht: «Ist was passiert? Du warst die ganze Nacht nicht zu erreichen. Wie geht es Kaya?»

«Alles in Ordnung, Kaya und ich sind im Wald. Wir haben hier übernachtet.»

«Im Wald?»

«In einer Scheune, Kaya fand das super.»

«Du hättest dich mal melden können.»

«Mein Handy ...»

«Handys funktionieren nur unter Wasser nicht!»

«... und wenn man sie im Wald verliert!»

«Ausgerechnet *du* im Wald!»

Sie kennt mich überhaupt nicht als Naturfreund.

«Wirklich, Torben – ich bin fast durchgedreht.»

«Was ist los mit dir?», frage ich vorsichtig.

«Ich bin seit gestern in Hamburg, und keiner ist da!»

Ich bekomme einen trockenen Mund: «Nein!»

«Es sollte eine Überraschung werden ...»

«Bleib, wo du bist. Wir kommen sofort!»

«Zu spät, ich muss wieder los. Ich stehe schon am Bahnhof, mein Zug fährt in zehn Minuten!»

«Das darf nicht wahr sein!»

«Ich liebe dich», haucht Jette traurig in den Hörer.

«Ich dich auch.»

Jette legt auf, und ich taumle zum Ranger zurück, der immer noch vollkommen fassungslos erzählt: «... ich habe sie gefragt, ob sie mich heiratet, und sie hat ja gesagt. Damit war unser Streit beendet.»

Er grinst halb betrunken in die Runde.

«Sie sind zu beneiden», beglückwünsche ich ihn. «Nach einem Tag in der wunderbaren Natur kehren Sie abends zu Ihrer ebenso wunderbaren Frau zurück. Nach so einem Leben sehnt sich doch jeder.»

Ich auch.

Deshalb muss endlich etwas passieren!

24 | Das Dritte Auge

Gibt es etwas Idyllischeres als rotgeklinkerte Neubaublocks an einem heißen Sommertag? Zwischen den strengen Quadern sprießen Hunderte Gänseblümchen auf baumlosem, kurzgeschorenem Rasen. Ein dickbäuchiger, braungebrannter Mann ohne Oberhemd schrubbt seine Balkonbrüstung und wischt sich mit demselben feuchten Tuch den Schweiß von der Stirn.

Selbst die Vögel halten sich hier an die Mittagsruhe, die zusätzlich durch eine kilometerlange Schallschutzwand gesichert wird. Der Wall ist höher als die Berliner Mauer, und das ist auch gut so. Denn dahinter befindet sich der Flughafen, auf dem Kaya bei Heinz sicher geparkt ist – während ich hier, auf der anderen Seite der Mauer, den größten Erfolg meines Journalistenlebens einfahre. Es ist nur ein Punktsieg, na gut, aber immerhin.

Von diesem Tag werde ich noch lange zehren. Leider hat Anne darauf bestanden, dass Iris mitkommt. Sie steht neben mir in Nadelstreifenhose, weißem Hemd und roter Fliege und hat eine leistungsstarke Digitalkamera dabei. Ihre Hunde sind im Atelier geblieben, darauf habe ich bestanden. Wir setzen uns vor einem dreistöckigen Haus auf den Rasen. Ich spiele mit einem kleinen Aufnahmegerät herum, und Iris faselt mal wieder von der prekären Lage der Straßenhunde in Bukarest. Wir sitzen weder zufällig noch freiwillig hier. Iris und ich warten auf Gerd Stauske, Annes üblen Vermieter. Einer der Nachbarn hat uns verraten, dass Stauske heute Morgen aus dem Urlaub zurückkommt.

Stauske ist der «Pate» des Viertels – kaum zu glauben, dass es so etwas in Deutschland überhaupt gibt! Bis vor zwei Jahren führte er einen kleinen Bioladen um die Ecke, dann erbte er unerwartet einen großen Haufen Geld. Wahrscheinlich hat sich jeder Mensch schon mal ausgemalt, was er oder sie mit einem plötzlichen Lottogewinn oder einer unerwarteten Erbschaft anfangen würde: Reisen in die Karibik oder Antarktis, nicht mehr arbeiten, für wohltätige Zwecke spenden, ein Traumauto fahren, eine Villa kaufen usw.

Stauske fühlte sich jedoch so wohl in seinem rotgeklinkerten Haus hinter der Schallschutzmauer, dass er nicht wegziehen wollte. Also kaufte er seinen Wohnblock und die Blocks daneben gleich dazu. Seine eigene Wohnung vergrößerte er via Durchbruch und Wendeltreppe zur Maisonette, sodass er und seine Frau Stefanie nun auf zwei Etagen mehr als großzügig residieren.

Den kleinen Bioladen gab er auf und wurde der einzige Vermieter des Viertels. Gerd Stauske legte viel Wert darauf, dass arme Leute bei ihm einzogen – Leute, die sich die hohen Mieten anderswo nicht leisten konnten. Ihnen lieh er gerne und oft Geld. Die Zinsen mussten sie bei ihm abarbeiten – durch Autowaschen, Rasenmähen, Wohnung putzen usw. Bald waren ihm alle etwas schuldig. Und alle mussten nett zu Gerd Stauske sein. Vor allem die Frauen.

Gerd Stauske war – das würde ich zwar im «Fuhlsbüttler Anzeiger» anders formulieren – ein richtiges Schwein.

Als Gerd Stauske endlich mit seinem umweltfreundlichen Hybridauto um die Ecke biegt, springen wir freudig vom Rasen auf. Die Show kann beginnen! Zur Sicherheit vergleiche ich das Kennzeichen mit meinen Notizen: HH-GS 2001? Stimmt.

Stauske hilft seiner dicken Frau aus dem Wagen und schnauzt sie wegen irgendetwas an. Er selbst ist spitteldürr; fettige dünne Haare kleben wirr an seinem Kopf. Den müden Augen nach zu urteilen, ist er am Ende seiner Kräfte. Gut so!

Die beiden Stauskes strecken sich erst einmal, dann öffnet Gerd missmutig den Kofferraum. Ich schlendere gemächlich auf ihn zu, Iris schießt ein Bild nach dem anderen: «Herr Stauske?»

Er dreht sich genervt um: «Ja?»

Jetzt hat auch er Iris Harms bemerkt, die entschlossen draufhält. Er blinzelt nervös.

«Gegen Sie liegt eine Strafanzeige wegen Diebstahl vor.»

Gerd Stauske schnappt nach Luft: «Sagt *wer*?»

«Sie haben die Wohnung Ihrer Mieterin Anne Marquart ausgeräumt und ihren gesamten Besitz gestohlen.»

«Weil die Schlampe seit einem Vierteljahr keine Miete mehr bezahlt!»

«Das ist Diebstahl.»

«Du verpisst dich, aber sofort!»

Ich lade über die 1-1-0 die Staatsgewalt ein: «Ja, Torben Heydorn hier. Ich habe einen Einbrecher gestellt. Bitte kommen Sie schnell! ... Timm-Kröger Weg ... Darf ich ihn als einfacher Bürger auch festhalten, falls er flieht?»

Ich darf.

Zwei Streifenwagen sind zufällig in der Nähe, deshalb dauert es keine Minute, bis vier Polizisten den Mercedes von Gerd Stauske umzingelt und ihm Handschellen angelegt haben.

Stauskes Frau Stefanie sieht ihre Chance gekommen und leistet Amtshilfe. Sie will nicht mehr wegsehen müssen, wenn ihr Mann mit jungen Frauen in irgendwelchen staubigen Kellerverschlägen verschwindet. Ab jetzt wird sie alleine in ihrem Niedrigenergiehaus residieren und kranke Menschen auf Naturheilbasis heilen. Stefanie hat lange genug weggesehen. Iris fotografiert sie von allen Seiten, was ihr sehr gefällt.

«Ich weiß, wo die Sachen von Frau Marquart sind», verrät Stefanie.

Stauske zischt: «Halt die Schnauze!»

Stefanie schaut ihm kurz in die Augen und macht sich unbeirrt auf den Weg. Die Polizisten nehmen den tobenden Gerd Stauske in Gewahrsam: «Das wird dir noch leidtun!», brüllt er seiner Frau hinterher.

«Nein», widerspricht sie, ohne sich umzudrehen.

«Ich bin nur deinetwegen in dieses bescheuerte Rimini gefahren!», tobt Stauske, als ob das wichtig wäre.

Stefanie führt die Beamten in den Keller eines nahegelegenen Neubaublocks. An den Fenstern der umliegenden Häuser versammeln sich immer mehr Schaulustige. Das Mieterpublikum ahnt: Hier tut sich etwas, das für fast jeden von ihnen Konsequenzen hat. Wenn Stauske über die Klinge springt, muss niemand seine Schulden zurückzahlen. Denn Belege gibt es keine, und seine ungemütlichen Geldeintreiber aus dem Fitness-Studio sind damit auch abgeschafft.

Im Keller riecht es kühl und auch ein bisschen muffig. Stefanie öffnet das Vorhängeschloss zu einem Drahtverhau am Ende des Gangs. Die Wände sind mit teuren Teppichen verhängt.

«Seine Lasterhöhle», sagt sie und stößt angewidert die Tür auf.

Stauske schweigt. Unzählige IKEA-Möbel stehen hier herum, ein Fernseher, Bücher, Lampen, Töpfe, Pfannen – ein kompletter Haushalt. In der Mitte des Verschlags liegt ein maisgelber, fleckiger Futon. «Sein Liebeslager», weiß Stefanie und wendet sich angeekelt ab.

«Wem gehört das alles?», fragt der eine Polizist.

Stauske faucht trotzig: «Bis auf den Futon sind das Frau Marquarts Sachen, das bestreite ich gar nicht.»

«Wie sind die hierhergekommen?»

«Ich habe sie aus ihrer Wohnung geholt. Einige Mieter haben mir dabei geholfen.»

«Und wie sind Sie in die Wohnung hineingekommen?»

«Als Vermieter habe ich ja einen Schlüssel für Notfälle. Und das war ein Notfall – sie hatte drei Monate keine Miete gezahlt! Noch leben wir ja in einem Rechtsstaat, oder?»

«Ja», bemerkt der Polizist, «und in dem ist so etwas eindeutig Diebstahl!»

Als Gerd Stauske zum Einsatzwagen geführt wird, rücken Mike und seine Kumpel an. Sie haben versprochen, die Möbel zurück in Annes Wohnung zu bringen. Natürlich werden wir Gerd Stauske die Umzugshilfe in Rechnung stellen. Ehrensache!

Während Mike und die Jungs die ersten Kisten packen, begebe ich mich zum Kindergarten, um Anne die frohe Botschaft zu überbringen. Sie steht gerade in der Küche und raucht eine Zigarette. Als ich eintrete, blickt sie ängstlich auf, als ob sie mit dem Schlimmsten rechne.

«Die Umzugsleute wissen nicht, wohin sie deine Sachen stellen sollen», grinse ich.

«Du meinst ...?»

«Wir haben Stauske, es ist vorbei!»

Annes Blick ist leer, dann füllen sich ihre Augen mit Tränen. Schließlich fängt sie an, hemmungslos zu schluchzen.

Ich nehme sie in den Arm, wobei ich mich blöderweise mit einem Hemdknopf in einem ihrer Piercings verfange. Nach einigem Hin und Her macht Anne sich los und rennt hinaus. Heute Abend kann sie das erste Mal seit Monaten wieder in ihrer eigenen Wohnung schlafen!

Ich sammle Kaya ein und gehe ins Terminal 2 zum Mittagessen mit Heinz. Er sitzt im «La Terrasse» auf seinem Lieblingsplatz am Fenster und beißt genussvoll in eine Bockwurst. Kaya trollt sich in die Spielecke zu den Memoryklapptafeln. Draußen scheint die Sonne auf die blankpolierten Flugzeuge. Ein Airbus der «Emirates» macht sich bereit zum Abflug nach Dubai.

Ich erzähle Heinz von meinem wunderbaren Vormittag und schließe mit einem Seufzer. Er versteht mich nicht: «Was machst du bloß für ein Gesicht? Die Story bringst du morgen in alle Zeitungen. Das war es doch, was du wolltest!»

«Schon. Aber Stauske hat das Geld von Annes Konto nicht geklaut.»

«Du hättest gerne die Banken am Wickel, was?»

«Logisch. Aber da ist kein Rankommen.»

«Was hältst du von Esoterik?», will er plötzlich wissen.

«Was?»

«Glaubst du an den sechsten Sinn?»

«Bei Piercing-Anne geht es um eine Schwachstelle im Internet», erinnere ich ihn.

«Ich kenne einen, der kann so was.»

An meinem 29. Geburtstag habe ich einen heiligen Schwur geleistet: Schamanen bekommen von mir keine drei Sekunden mehr für ihre Scharlatanerien. Dasselbe gilt übrigens für alle Astrologen, die einen beim Erstkontakt nach dem Sternzeichen fragen und spätestens nach der Bestimmung deines Aszendenten entweder wissend lächeln oder die Stirn in Sorgenfalten ziehen. Aber Heinz ist pensionierter Klempnermeister, er isst gerne Fleisch mit Soße und ist alles andere als esoterikverdächtig. Ich muss gestehen: Das verwirrt mich.

Ich fische einen kleinen Zettel aus meinem Portemonnaie und drücke ihm den in die Hand: «Auf dieses Schweizer Nummernkonto ist das Geld gegangen. Wenn dein Guru herausfindet, wem es gehört, bitte ich um Rückruf.»

Heinz kratzt sich am Kinn: «Du glaubst nicht dran, oder?»

«Es gibt keine Spuren im Netz, die irgendwo hinführen.»

«Darüber solltest du mit Jurij reden.»

«Wer ist Jurij?»

«Jurij kommt aus Sibirien und hat das Dritte Auge.»

Du lieber Himmel – das «Dritte Auge»! Er sagt das im selben beiläufigen Ton, mit dem er sonst über Rohre und Flansche redet.

«Was bedeutet das?»

«Jurij hat bei mir eine Entzündung im Bein festgestellt, die kein Arzt entdeckt hat – und zwar mit einem Blick.»

«Das Internet ist kein Bein.»

«Mit den üblichen Mitteln bist du am Ende, sagst du doch selbst. Was kannst du schon verlieren?!»

Am Schalter für Sperrgepäck, an dem ich Kaya sonst immer abgebe, wuchtet Jurij gerade einige Surfbretter aufs Band und überprüft die Bordkarten ihrer Besitzer, die schon *vor* ihrem Urlaub erstaunlich braun gebrannt sind. Jurij ist viel jünger, als ich mir einen Zauberer vorgestellt habe, höchstens zwanzig. Seine dünnen braunen Haare trägt er lang über die Ohren gebürstet – wie in den Siebzigern (was irgendwie gut zu seiner schlechtsitzenden Uniform passt).

Heinz stellt uns einander vor.

«Wo befindet sich derrr Gebäudekomplex, in dem die Dame lebt?», fragt Jurij. Er spricht ein altertümliches Deutsch mit rollendem R.

«Es ist nicht weit von hier.» Ich deute nach draußen. «Gleich hinter der Schallmauer.»

«Was ist ‹Schallmauer›?»

«Eigentlich heißt es: Schall*schutz*mauer.»

«Ah, Schallschutzmauer, das kenne ich», strahlt Jurij. «In einerrr halben Stunde habe ich Feierrabend, dann stoße ich zu Ihnen, wenn es Ihnen angenehm ist.»

Dann verschwindet er im Sicherheitsbereich.

«Anne kratzt mir die Augen aus», prophezeie ich.

«Anne fehlen fünfzehntausend Euro», korrigiert mich Heinz. «Da wird ihr alles recht sein. Und falls Jurij die Kohle nicht findet, holen wir Khaled.»

Khaled, erklärt mir Heinz unverfroren, lenke auf dem Vorfeld einen Gepäckwagen, er sei mitten in der Sahara aufgewachsen und habe auch magische Fähigkeiten.

Man darf die Angestellten bei der Handgepäckkontrolle nicht unterschätzen – auch dann nicht, wenn sie fettige Haare haben und schmatzend Kaugummi kauen! Reisende sollten beim Einchecken künftig den X-Faktor berücksichtigen: Der Hamburger Flughafen ist ein Sammelbecken für Übersinnliche. Jeder von ihnen könnte einer von *denen* sein!

Als Kaya, Heinz, Jurij und ich bei Anne ankommen, stehen bereits fast alle Möbel an ihrem angestammten Platz. Annes Wohnung ist fast vollständig mit IKEA eingerichtet, man könnte sie problemlos als Musterwohnung im Katalog abbilden. Einzige Abweichung: ein breiter violetter Farbstreifen, der sich von der Fußleiste nach oben, dann quer über die Decke und bis zur gegenüberliegenden Wand zieht. Anne hat ihn mit unzähligen Spiegelscherben beklebt. Im ersten Moment denke ich: Hundertwasser für Arme. Aber dann muss ich zugeben, dass dieser wilde Streifen die strenge Quaderform des Neubauzimmers geschickt unterläuft.

Überall stehen Kartons herum. Ich mache Anne mit Heinz und Jurij bekannt: «Das ist Jurij, der hat das ‹Dritte Auge›!»

Anne versteht das irgendwie falsch und bedauert ihn deswegen: «Das tut mir leid.»

Jurij schaut mich fragend an, Heinz geht beherzt dazwischen: «Jurij kann herausfinden, wo dein Geld ist.»

Anne ist verwirrt: «Wie das?»

«Übersinnliche Kräfte!»

Jetzt ist Anne stinkesauer: «Seid ihr bescheuert?»

«Probieren kann man es, oder?»

«Ich habe echt andere Sorgen!»

«Gib ihm eine Chance!»

Heinz und ich setzen uns mit Kaya erwartungsvoll auf *Klippan*, jenes Couchmodell, auf dem ich bei IKEA ausgeharrt habe, bis Jette alle Jugendzimmer genauestens inspiziert hatte, die wir in zehn Jahren werden brauchen können. *Klippan* ist genauso unbequem wie im Laden, wie sollte es anders sein?

Anne lehnt mit verschränkten Armen im Türrahmen. Jurij stellt sich mitten in den Raum, reißt seine Augen auf und starrt vor sich hin. Wie will der auf diese Weise den Besitzer eines Nummernkontos in der Schweiz herausbekommen?

Ich werde unruhig, mir dauert das zu lange, und ich glaube auch nicht daran. Für mich ist eher spannend, was Jurij tun wird, um sein zweites Gesicht zu wahren, wenn es *nicht* klappt. Heinz hingegen ist von Jurijs Kräften überzeugt.

Es klingelt, Anne rennt zur Haustür: der Postbote.

«So geht es nicht.» Jurij lächelt nervös. «Ich errrrlange nicht die ausrrrreichende Konzentrrrration.»

Heinz, der Praktiker, klemmt die Klingel ab. Kaya langweilt das Ganze, sie fängt leise an zu singen.

«Pssst», kündige ich an, «der Mann da ist ein Magier und will etwas zaubern.»

Kaya ist beeindruckt. Mit diesem Versprechen gehe ich natürlich hoch ins Risiko, weil es unbedingt eingelöst werden muss.

«Wo stand der Computer?», will Heinz wissen.

«Dorrrt», antwortet Jurij schnell und deutet auf die Ecke neben der Balkontür. Anne bestätigt das. Wie kann der das wissen? Er hat diese Räume noch nie gesehen. Was ist sein Trick?

Während wir in tatenlosem Schweigen versinken, holt Heinz einen Stuhl aus der Küche, stellt sich darauf und knibbelt eine Spiegelpaillette von der Decke. Dann noch eine. Hässliche Flecken entstehen, weil die Farbe mit abgeht.

Anne ist das egal, sie will sowieso alles neu streichen. Heinz zieht von einem der Splitter vorsichtig ein daumennagelgroßes Metallstück ab. Dahinter sitzt eine kleine Batterie.

«Eine Minikamera», triumphiert er.

Unglaublich.

Jurij wacht aus seiner Trance auf: «Spionage?»

Heinz nickt Anne zu: «Die Kamera kann jeder in zwei Minuten da ankleben. Jemand hat mitgefilmt, wie du dein Passwort eingegeben hast.»

Anne sieht ihn fassungslos an (selbst die sechzehn sichtbaren Piercings scheinen zu erblassen): «Wie kommt das dahin?»

«Du hast keine Einbruchsspuren gefunden?», frage ich.

«Nein.»

«Wer war – außer dir – in deiner Wohnung?»

«Stauske und seine Leute, als sie die Möbel in den Keller geschleppt haben.»

Da war das Konto längst leer geräumt.

Anne zögert: «Und natürlich – Freunde.»

«Ich hätte das auch ohne Heinz herrrausgefunden», beteuert Jurij.

Sicher. Aber eigentlich ist es auch egal: Voodoo und Klempnerei haben sich doch hervorragend ergänzt.

25 | Bobby-Car auf Porsche-Notsitz

Bis Mitte/Ende zwanzig habe ich die Welt für eine riesige Kontaktbörse gehalten. Überall gab es neue Leute kennenzulernen – auf Partys, bei denen ich nicht mal den Gastgeber kannte, in Kneipen, auf Konzerten, auf jeder Reise. Wenn mal eine Freundschaft oder eine Bekanntschaft zu Ende war, entstand sofort etwas Neues, anderes. Manchmal fürchtete ich fast, das alles irgendwann nicht mehr auf die Reihe zu bekommen, weil es einfach zu viele würden und ich keinem mehr gerecht werden könnte.

Seit ich dreißig bin, wird diese Angst kleiner – und zwar im selben Maße, wie die Zahl meiner Freunde und Bekannten abnimmt: kontinuierlich. Mal nervt es mich, dass meine alten Freunde mit Mitte dreißig immer noch den Billigwein trinken, den sie schon als Azubis oder Studenten getrunken haben. Dann wieder nervt mich das Getue, mit dem man plötzlich einen teuren Tropfen wortreich abfeiern muss. Das sind natürlich Äußerlichkeiten, aber die machen einen gemeinsamen Urlaub fast zur Unmöglichkeit.

Und dann waren da noch Leute wie Paul, der mich nach dem Kauf seiner ersten Immobilie als Vollidioten hinstellte, weil ich noch immer mietete, wo kaufen doch viel billiger war. – Ich habe es ihm einfach übel genommen, dass er über seinem halbstündigen Plädoyer ganz vergaß, seine sechsstellige Erbschaft zu erwähnen.

Freundschaften enden seltsamerweise vollkommen anders als Beziehungen. Selbst wenn eine Affäre nur zwei Monate lang schlecht lief, trennt man sich meist mit einem langen, komplizierten Gespräch. Unter Freunden, die man zwanzig Jahre kennt, macht man hingegen nur selten explizit «Schluss» (es sei denn, es ist etwas äußerst Dramatisches vorgefallen). Freundschaften lässt man einfach auslaufen: Man ruft erst Wochen später zurück (und nur wenn man sicher weiß, dass beim anderen nur der Anrufbeantworter rangeht), die Abstände zwischen den Treffen werden länger und länger. Irgendwann vergisst man gezielt den Geburtstag (der früher groß gefeiert wurde) – und zuletzt sogar, dass die betreffende Person überhaupt geboren worden ist.

So ist das halt, Menschen verändern sich nicht immer zum Besseren, auch Freunde nicht – und man muss wirklich nicht mit Idioten befreundet bleiben. Aber kann man sich vorstellen, auf einen Schlag alle Freunde und Bekannten zu verlieren? Auch die ganz engen? Wirklich jeden, den man kennt?

Ich konnte Anne daher gut verstehen, als sie zögerte, mir eine Liste jener Freunde und Bekannten zu geben, die sie im letzten Vierteljahr in ihrer Wohnung besucht hatten. Ein unberechtigter Verdacht könnte jede Freundschaft ruinieren. Andererseits hat jemand eine Minikamera über ihrem Schreibtisch angebracht und mit deren Hilfe ihr Konto leer geräumt. Und wenn wir nicht herausbekommen, wer es war, muss Anne ein Leben lang dafür zahlen. Und zwar buchstäblich!

Annes Liste ist lang. Ich muss äußerst behutsam vorgehen. Natürlich finden sich unter den Verdächtigen auch welche, die ich liebend gerne enttarnen würde, zum Beispiel Ramona und Frau Gercke. Aber hier geht es nicht um meine ganz persönlichen Ressentiments. Leider.

Mike, Rudolf und ich fahren mit meinem uralten Nissan zur Probefahrt bei Porsche, was mir gar nicht passt – ich stehe immerhin kurz davor, den Fall Anne Marquart zu lösen. Doch Rudolf besteht darauf: Ich soll meinen Geburtstagsgutschein einlösen und heute Nachmittag Carrera fahren.

Dazu müsste man mich normalerweise nicht zwingen. Ein Porsche ist kein Auto im engeren Sinn, sondern eine eigene Kategorie. Du kennst ihn, seit du drei oder vier bist, und seitdem weißt du auch: Er kostet so viel wie ein Märchenschloss. Da er für dich finanziell unerreichbar ist, fängst du vielleicht an zu mäkeln, der Kofferraum sei zu klein, der Motor zu laut und der Benzinverbrauch zu hoch. Alles nur vorgeschoben! In Wahrheit ist er perfekt, und du willst ihn. Sofort.

Hinter der riesigen Glasfront der Porsche-Werksvertretung stehen die heiligen Objekte fabrikneu und unberührt. Hier ist die Ausnahme Normalität, hier werden mit lässiger Selbstverständlichkeit Summen ausgerufen, die andere für eine Eigentumswohnung aufwenden würden (weswegen sich jeder Westdeutsche an seine unguten Gedanken erinnert, als er das erste Mal von einem Porsche mit Leipziger oder Dresdener Kennzeichen überholt wurde). Der junge Verkäufer mit dem Stoppelschnitt führt uns zu einem nagelneuen metallicschwarzen Carrera mit hellen Ledersitzen und wünscht uns lächelnd eine gute Fahrt.

Mike ist der Kleinste von uns allen und muss nach hinten auf den Notsitz, der seinen Namen zu Recht trägt. Die Fahrertür schließt mit einem wunderbar satten «Rnpf». Umgeben von weichem Leder, fühle ich mich im engen Innenraum so geborgen wie in einer Schreberhütte bei Regen – und dem

Erdreich so nahe wie in keinem anderen Wagen. Der Porsche scheint nur Millimeter über der Straße zu schweben.

Genüsslich lege ich den Gurt an und starte den Motor, der zuverlässig losblubbert.

«Erst mal auf die Autobahn», juchzt Rudolf.

Ich fahre keine hundert Meter bis zur Volkswagen-Vertretung.

«Hast du dich verfahren?» Mike ist besorgt.

Auch Rudolf versteht die Welt nicht mehr: «Man geht doch nicht vor einem 5-Sterne-Essen an die Pommesbude.»

«Ich schon.»

Als ich zehn Minuten später wieder aus dem Glaspavillon der Volkswagen-Neuwagenausstellung heraustrete, weiß ich, wer Annes Konto leer geräumt hat.

«Jetzt aber auf die Autobahn!», drängelt Rudolf ungeduldig.

«Nein, ins ‹Atlantic›.»

Riesenprotest von allen Seiten, bis ich erkläre, worum es geht. Die beiden schwenken sofort auf meinen Kurs ein. Ich muss jetzt extrem konzentriert bleiben, ein einziger Fehler könnte alles verderben. Unterwegs rufe ich den bekannten Medienanwalt Dr. P. an und miete eine Suite im «Atlantic Hotel» an der Außenalster. Das klingt etwas abgehoben, aber große Enthüllungen verlangen nun mal große Gesten.

Natürlich springt CNN nicht sofort auf meine Story an, sie riecht geradezu nach geltungssüchtigem Spinner. Doch meine Beweise sind erdrückend: Ich lasse mir die Kontonummer des Redakteurs geben und hebe innerhalb von fünf Minuten symbolische fünf Euro von seinem Konto ab – ohne PIN.

Daraufhin bittet er sofort um einen Termin. Ich verweise auf meinen Anwalt Dr. P., der die Bedingungen für die weltweite Ausstrahlung aushandelt (dafür bekommt er 20% meiner Einnahmen). Gleichzeitig versucht Annes Bank, mich mit pausenlosen Anrufen von einer Veröffentlichung abzuhalten. Auch sie hat die eklatante Sicherheitslücke erkannt – der Vorstand bietet mir ein beachtliches Schweigegeld. Doch warum soll ich auf etwas verzichten? – Jetzt will ich alles!

Die Suite schmückt ein großer Sommerblumenstrauß, den ich selbst ausgesucht habe. Hinter mir ziehen schemenhaft die weißen Segelboote auf der sonnigen Außenalster vorbei – ein perfektes Arrangement für die Kameras von CNN Europe.

An meinem kurzen Statement habe ich seit Wochen gefeilt: «Sämtliche internationalen Banken behaupten, dass Online-Konten sicher sind. Ich habe bewiesen, dass sich Unbefugte jederzeit und zu ausnahmslos jedem Online-Konto Zugang verschaffen können. Uns droht eine weltweite Bankenkrise, wie wir sie seit dem Börsencrash von 1929 nicht erlebt haben, hervorgerufen durch die jahrelange Ignoranz der Geldinstitute.»

Das Ganze wiederhole ich auf Englisch für die Zuschauer in Übersee.

Was das TV-Publikum nicht sieht, ist Jette, die extra aus Berlin angereist ist und nun gemeinsam mit Kaya hinter dem Kameramann steht. Gerührt wischt sie sich eine Träne aus dem Augenwinkel. Wir werden diese Nacht zusammen verbringen – und alle folgenden: Jette hat fristlos gekündigt. Denn von heute an kann ich unsere kleine Familie allein versorgen: Dreihundert TV-Stationen weltweit werden dieses Interview senden – und jede muss dafür zahlen! Den Porsche Carrera kann ich mir nun leisten. Doch das bekomme ich bei Jette wohl nicht durch – was wahrscheinlich gut und vernünftig ist.

Ja, so hätte diese Geschichte enden können. Stattdessen muss ich zusehen, wie sich der Rest meiner großen Story in nichts auflöst: Nach meinem Besuch bei der Volkswagen-Vertretung hole ich das feuerrote Bobby-Car aus meinem Nissan und versuche es im Porsche zu verstauen – vergeblich, der Lenker ist zu hoch. Es muss zu Mike auf den Notsitz, da kann er protestieren, so viel er will.

Ich schleppe Mike und Rudolf zu einem Fototermin mit Bobby-Car bei Iris Harms. Peter «Kleingartenverein» Schleuning hat Mike, Rudolf und mich zu einem Rennen gegen die «Sauerländer Bobby-Car-Racer» überredet.

«Wir machen ein paar Bilder für die Silberger Vereinszeitung», schlage ich vor, «die sollen die Typen vor sich sehen, die sie vernichten werden!»

«Um zu Iris zu fahren braucht man keinen Porsche mieten», mault Rudolf.

«Das erkläre ich dir später.»

Ihnen, liebe Leser, erkläre ich es gleich: In der Volkswagen-Vertretung habe ich behauptet, ich wolle einer Freundin einen Dachgepäckträger kaufen, wisse aber nicht mehr, welches Modell sie fahre. Für diesen guten Zweck öffnete der junge Verkäufer gerne die Kundendatei, und es stellte sich heraus, dass Iris Harms ihren funkelnagelneuen Luxusbus nicht nur eben erst gekauft, sondern auch noch bar bezahlt hat. Interessant! Warum hat sie wohl behauptet, der Bus gehöre der «rumänischen Hundehilfe»? Und wie kann sie sich einen sündhaft teuren Bus leisten, wenn sie kurz vor der Pleite steht (wovon man angesichts ihrer wenigen Aufträge ausgehen muss)?

Als wir bei «Fotokunst Harms» halten, sind sämtliche Bilder aus den Schaufenstern abgehängt. An ihrer Stelle klebt ein handgeschriebenes Plakat: «Wegen Geschäftsaufgabe geschlossen.» Die Tür ist unverschlossen, hinter dem Verkaufstresen erwartet uns überraschenderweise Piercing-Anne Marquart. Von Iris Harms keine Spur.

Ich komme zu spät.

Dann die Überraschung: Iris hat Anne alles gestanden und ist mit ihrem Bus bereits auf dem Weg nach Bukarest. Die beiden haben sich außergerichtlich geeinigt – Iris behält den Bus, und Anne übernimmt den Laden. Offiziell hat es keinen Betrugsfall gegeben, sondern nur einen privaten Streit zwischen zwei Freundinnen, der somit beigelegt ist.

Ich will nichts mehr hören.

Das Einzige, was ich jetzt noch hören möchte, ist: Porsche.

Und der ist zum Glück so laut, dass man sich kaum unterhalten oder Musik hören kann. Eine ganze Batterie von Technikern ist bei Porsche ausschließlich damit beschäftigt, den Motor nach außen leise und nach innen laut zu halten. Danke! Das ist jetzt genau das Richtige für mich. Ich schleiche niedrigtourig durch die Stadt und genieße das bedrohliche Blubbern. Es signalisiert: Ich könnte, wenn ich wollte!

PS: Ist ein Sportwagen eigentlich nur dann gut, wenn man mit Rückenschmerzen aussteigt?

26 | Wiedervereinigung in Hannover

Statt bei CNN auf der Interviewcouch zu sitzen, liege ich im Bett und lese einen depressiven Krimi. Statt bei CNN auf der Interviewcouch zu sitzen, phantasiere ich mich vom verregneten Hamburg ins verregnete Schweden, wo mein depressiver Krimi angesiedelt ist. Genau wie der ermittelnde Kommissar hadere ich mit der Welt und meinem Beruf. Wo ich die Banken schon nicht drangekriegt habe, hätte ich wenigstens über das private Drama schreiben können: *Eine junge Erzieherin kehrt von einer langen, abenteuerlichen Reise zurück und steht vor dem Nichts: Ihr Konto geplündert – von ihrer engsten Freundin und Vertrauten.* – Ein wunderbarer Stoff für eine Soap Opera! Und doch eine Geschichte, die das Leben schrieb.

Fangen wir beim Anfang an: Iris ist pleite und kurz vorm Durchdrehen, als sie in den wässrigen Knopfaugen rumänischer Straßenköter eine tiefe Seelenverwandtschaft entdeckt. Diese bedauernswerten Kreaturen, glaubt sie, sind die Einzigen, die sie wirklich verstehen. Dem widerspricht Erzieherin-Freundin Anne: Man solle sich erst mal um die Waisenkinder in Rumänien kümmern, die Hunde kämen schon selber klar.

Iris ist empört, wie kann Anne so herzlos sein? Das bedeutet doch den sicheren Tod ihrer engsten Freunde!

Als Anne eine Erbschaft erwähnt, beschließt Iris, deren Konto leer zu räumen – zur Rettung der Hundeleben! Nachher stellt sich zwar heraus, es waren nur 2000 Euro – aber da waren die Hunde-Asylanten schon da, und Iris wollte die Tiere nicht zurückgeben. Aus schlechtem Gewissen lässt sie die geprellte Anne nach deren Rückkehr bei sich wohnen. Doch das Doppelspiel belastet sie ungeheuer – bis sie zusammenbricht und alles gesteht.

So weit, so medientauglich. Leider hat Anne mich dringend gebeten, nicht über den Fall zu schreiben. Und leider bin ich nicht abgebrüht genug, es trotzdem zu tun. Der Rest der Geschichte ist daher schnell erzählt: Mike steigt in den Laden mit ein (Anne und er haben ihn in «Steigflug-Foto» umbenannt). Die beiden sind ziemlich glücklich miteinander. Ende.

Ich beschließe, den Rest der Woche mit depressiven Schweden-Krimis herumzubringen und erst dann zum «Fuhlsbüttler Anzeiger» zurückzukriechen. Als mich Jettes Anruf gegen Mitternacht aus meinem Lesestoff reißt, kommt das einer Erlösung gleich. Ein Mord ist ja an sich schon eine traurige Angelegenheit, aber in Verbindung mit einem depressiven Ermittler wird das Ganze geradezu niederschmetternd. Das Verbrechen nimmt zu, der Staat wird immer hilfloser, und als sei das nicht schon schrecklich genug, bekommt der Kommissar auch noch Diabetes!

Im echten Leben kommt es allerdings noch dicker: Jettes Chef hat ihr angeboten, ihren Job in Berlin um ein halbes Jahr zu verlängern – was sie angesichts unseres Kontostandes nicht ablehnen kann.

Und das ist noch nicht alles:

«Torben, ich habe einen neuen Nebenjob», jubelt Jette und schiebt hinterher: «In Hannover!»

«WAS?»

«Wenn das klappt, ist Berlin Geschichte. Ich soll die Stadt Hannover in Dänemark verkaufen», erläutert sie. «Im Auftrag des ‹Tourismusbüro Hannover›. Die geben mir einen Beratervertrag – das ist gutes Geld nebenbei.»

«Hannover und Touristen? Nach Hannover kommen die Leute nur, wenn ihr Arbeitgeber sie dazu zwingt – zur Messe oder zum Umsteigen am Bahnhof!»

O Gott, bin ich schlecht drauf. Hoffentlich kriege ich nicht noch Diabetes …

«Hannover möchte mehr Dänen in die Stadt locken, und dafür werde ich schon sorgen.»

Selbst meine CIA-Geschichte klang plausibler.

«Was sollte man ein ganzes Wochenende lang in Hannover tun? Fünfzigerjahrebunker anschauen?»

Jette lacht: «Jetzt übertreib nicht! Da gibt es die Herrenhäuser Gärten, barocke Gartenkultur …»

«Wenn man auf rechteckige Bäume steht, geht das in Ordnung. Auch wenn man eine Allergie gegen schöne Jugendstilvillen besitzt, ist Hannover eine Art Mekka.»

«Der Mittelland-Kanal!», fällt Jette ein.

«Nenn mir *einen* guten Grund, wieso deine Dänen nicht für den gleichen Preis nach Hamburg, München oder Florenz fahren sollten. Im besten Fall läuft es wie bei den billigen Striplokalen auf St. Pauli: Du kriegst die Leute rein, zockst sie ab – nur kommen sie nie wieder.»

«Genau das reizt mich daran. Alle sagen, Hannover sei öde. Dabei ist es doch öde, es öde zu finden.»

Ach so. Klar. – Jette fährt also mit dem nächsten Zug nach Hannover. Und natürlich werde ich sie dort besuchen! Kaya kann bei ihrer neuen Freundin Kimberly übernachten, damit nervt sie mich sowieso schon seit Tagen.

«Kimberly klingt nicht gut», meint Jette.

«Du und deine Vorurteile. Kimberlys Vater ist Professor für Flugzeugtechnik und ihre Mutter eine berühmte Violinistin.»

«Niemals!»

«Doch! Der weltfremde Professor hat diesen unmöglichen Namen aus Versehen für seine Tochter ausgesucht!»

«Das stimmt nicht, oder?»

«Natürlich nicht.»

«Ich freue mich auf dich!»

Und ich erst ...

Als Jette das letzte Mal in Hamburg war, stand ich im Wald und hatte gerade mein Handy wiedergefunden. Davor hatten wir ein eher mittelmäßiges Wochenende – es wird also Zeit, dass wir es mal wieder richtig gut haben! In Hannover.

Zwei Tage später passiere ich mit unserem weißen Uralt-Nissan den Elbtunnel in Richtung Süden. Von der Autobahnausfahrt Hannover geht's auf die Vahrenwalder Straße, einen mehrspurigen Zubringer durch Gewerbegebiet: Tankstellen, McDonald's, Büros und mittendrin: ein Laden für Männer-Übergrößen. In Hannover werden dicke Männer offensichtlich als Stückgut klassifiziert und sollen sich hier gut aufgehoben fühlen. Von mir aus. Leider endet die Vahrenwalder Ausfallstraße nicht in einer überraschend pittoresken Altstadt, sondern – nun ja – in Hannover.

Ich stelle den Wagen ab und schlendere über die «Pasarelle» am Hauptbahnhof, einen Beton-Boulevard, gesäumt von Fünfzigerjahre-Quadern, die sich in jeder mittelgroßen, im Krieg zerbombten Stadt finden lassen. Die Erklärung ist immer die gleiche: «Damals brauchten wir schnell neuen Wohnraum» (– den man lieber nicht besichtigen möchte).

Immerhin hält das gesichtslose Hochhaushotel am Bahnhof, was die obere Mittelklasse verspricht. Ich schließe die Vorhänge, mache es mir auf dem riesigen Himmelbett bequem und schaue eine Sendung über Fjordpferde in Nordnorwegen. Jette muss noch eine Stadtrundfahrt mit dem Tourismus-Beauftragten hinter sich bringen, dann kommt sie zu mir. Das kann nicht allzu lange dauern.

Gegen sieben ruft Jette an. Ich soll mir ein Taxi nehmen und nach Hannover-List fahren, wir sind beim Tourismus-Beauftragten eingeladen. Ich werde sauer. Was habe ich mit Jettes sinnlosem Job zu tun?

Es gibt nur einen Grund, aus dem ich in diese Stadt gefahren bin: um mit meiner Frau im Hotelzimmer alleine zu sein!

Jette überredet mich trotzdem hinzufahren: «Es wäre doch öde, den Abend alleine vor dem Fernseher zu verbringen.»

Ich bin da nicht so sicher ...

Der Taxifahrer hält vor einem prächtigen Altbau. Jette öffnet mir die Tür. Sie trägt wieder einen ihrer wunderbaren blauen Hosenanzüge, die ich so sehr liebe. Wir fallen uns in die Arme und küssen einander wie schon lange nicht mehr (Knutschen auf offener Straße oder in fremden Wohnungen ist in den letzten Jahren unserer Beziehung ziemlich selten geworden). Als wir uns voneinander lösen, blendet mich der hellste Punkt von ganz Hannover: Jettes Lächeln!

Herr Jendruscheck von der «Hannover-Touristik» tritt in den Flur. Der Mann ist Anfang fünfzig, trägt einen graumelierten Schnauzbart und ebensolche Haare, den hellgrauen Anzug hat er mit einem schwarzen Rolli kombiniert. Herr Jendruscheck wohnt in einer der größten und schönsten Altbauwohnungen, die ich je gesehen habe. Jedes Detail stimmt – der Stuck an der Decke, die ausgesuchten Antiquitäten neben modernen Klassikern –, nichts wirkt aufgesetzt, überall herrscht eine lässige Unordnung.

Seine Freundin begrüßt mich mit großer Herzlichkeit. Sie ist Halbinderin und heißt Atisha. Genau wie die Disco, in der ich meine erste und letzte Ü-30-Party gefeiert habe. Ich bin schwer irritiert, woran Atisha natürlich keine Schuld trägt. Sie kann ja nichts dafür, dass sie so heißt.

Außer Herrn Jendruscheck und Atisha wohnen im Seitenflügel noch Carla und Jochen, beide um die sechzig und frühpensioniert. Die beiden sind weißhaarig, rentnerbraun und wirken gut gelaunt. Trotz Hannover.

Atisha bittet uns, ihr in die Wohnküche zu folgen. In der Mitte des Raumes befindet sich ein riesiger Herd mit sechs Profi-Platten, darüber hängen unzählige Töpfe, Pfannen, Löffel und Kellen. Wir setzen uns an den klobigen alten Bauerntisch am Rand und sehen hinaus in den verwilderten grünen Hinterhof. Dass Herr Jendruscheck uns das Du anbietet, ist die Überraschung dieses offiziellen Abends.

Jette hat mir zugeflüstert, dass sie diesen Programmpunkt so schnell wie möglich abhaken und dann im Hotel mit mir alleine sein will. Aus reiner Höflichkeit plaudern wir über die Sehenswürdigkeiten der Stadt, über das Sprengel-Museum, das Kurt-Schwitters-Archiv und den Maschsee.

Jette äußert ihre Bedenken ganz offen: «Wir müssen die Dänen davon abhalten, nicht nach Venedig zu fahren, sondern nach Hannover.»

Hannover fluten? Eine grandiose Idee! Die Stadt der Kanäle! Gondelfahrten durch die «Pasarelle», mit Anleger bei Tchibo, H&M und Sparkasse. Ich höre schon hannoversche Gondolieri wunderbare Arien singen. Einsame Spitze!

Herr Jendruscheck ist «not amused»: «Auf Augenhöhe mit

gleichwertigen Bewerbern sind wir nicht das Schlechteste auf diesem Planeten.»

Ich überlege sofort angestrengt, wie Hannover noch zu unterbieten wäre. Durch sibirische Plattenbausiedlungen? Doch Carla und Jochen reißen mich rüde aus meinen Untergangsphantasien. Sie wollen das Abendprogramm diskutieren. Herr Jendruschek, pardon: *Volker* grinst vielsagend.

Carla legt Zettel, Stift und einen Würfel auf den Tisch: «Ich möchte mit euch eine Liste erstellen mit Vorschlägen, wie wir diesen Abend verbringen könnten – was wir dann wirklich machen, werden wir auswürfeln. Gäste dürfen sich zuerst äußern.»

Alle gucken uns erwartungsvoll an.

Wir wollen, wie gesagt, nur weg. Aber das können wir nicht bringen, also spielen wir mit.

Jette geht die Sache pragmatisch an: «Wir kochen ein Essen mit allem, was da ist!»

Wird notiert. Jetzt komme ich: «Wir bestellen Sushi und spielen Mau-Mau mit verschärften Regeln.»

Jochen zwirbelt an seinen Augenbrauen: «Wir machen Musik mit allen Töpfen, tanzen und trinken in der Wohnung.»

Atisha: «Wir gehen in eine Disco, in der das Durchschnittsalter unter zwanzig liegt, und besetzen die Tanzfläche!»

Ich staune.

Carla verzieht das Gesicht: «Ohne Risiko macht das Würfeln keinen Spaß. Also fünftens: Wir beenden den Abend und gehen alle unserer Wege!»

Kann die meine Gedanken lesen?

Jette wird mutiger: «Einen habe ich noch: Wir betrinken uns innerhalb von zehn Minuten und schweigen uns dann sechzig Minuten lang an.»

Erst würfeln wir um den entscheidenden Wurf. Das Glück ist mit Hannover: Volker Jendruschek packt sich den Würfelbecher und schüttelt ihn kräftig. Ich hoffe auf die 4, Carla auch. Atisha und Jette sehnen sich nach der 6. Und die anderen sind sich nicht ganz sicher. Am Ende gewinnt die Nummer 3.

Atisha verteilt Töpfe und Kochlöffel und tanzt um den Herd herum. Jette und ich erheben uns zögerlich. Anfangs ist es total peinlich, mit den gesetzten Herrschaften topfschlagend um den Herd zu springen. Zum Glück wird keiner zum Lachen gezwungen.

Während der ersten Runden bleiben alle ernst, was spätestens nach der dritten Runde total komisch wirkt. Es dauert nicht lange, und die Ersten fangen an zu kichern.

Eine weitere Stunde später fange ich wieder mit dem Rauchen an. Dazu serviert Volker den tollsten Rotwein, den ich je getrunken habe – und davon trinken wir viel. Es wird eine der tollsten Partys meines Lebens.

«Ich möchte, dass wir nach Hannover ziehen», lalle ich Stunden später vollkommen betrunken im Taxi. «Kaya würde hier im Paradies aufwachsen.»

Das findet Jette auch und schmiegt sich an mich.

Den ganzen nächsten Tag verbringen wir im Bett. Bei Sekt und Schinkenbrötchen suchen wir nach weiteren Vorzügen der Stadt: Hannover ist berühmt für seine unglaublich herzlichen, humorvollen Bewohner (kann man immer behaupten). Die unzähligen Hinterhöfe bieten Orte der Begegnung. In den ehemaligen Fabrikgebäuden finden sich unzählige Kunstgalerien («unzählig» kann keiner nachprüfen). Das Ballett hat Weltklasse-Niveau, obwohl es nicht so bekannt ist. Unglaublich sympathisch finden wir, dass sich die Hannoveraner kaum gegen die Vorurteile wehren, die ihrer Stadt von allen Seiten entgegengebracht werden. Das bewahrt Hannover vor einem Ansturm, der die unbelassene, natürliche Schönheit dieses Ortes gefährden könnte.

27 | Ein halbes Jahr später

Ich habe die Macht des Journalismus unterschätzt, er hat mein Leben und das meiner Familie komplett verändert. Eben durchquere ich das Terminal 2 des Hamburger Flughafens. Der Flug aus St. Petersburg hat, wie so oft, dreißig Minuten Verspätung. Die Anzeigetafel kündigt die nächsten Abflüge an: Sie gehen – wie jeden Tag – nach Paris/Charles de Gaulle, Danzig, München, London Heathrow, Istanbul, Stuttgart und dreimal Mallorca. Doch ich will nirgendwo hinfliegen, noch will ich jemanden abholen oder Kaya hier parken.

Eigentlich tragen der Journalismus und Heinz gleich viel Schuld daran, dass ich gestern und heute, morgen, übermorgen und ziemlich sicher sogar die kommenden Wochen und Monate hier verbringen werde. Heinz hatte mich nach meiner Rückkehr aus Hannover darauf hingewiesen, dass sich mein Lebensmittelpunkt langsam, aber sicher in Richtung Flughafen verschoben hat. Er redete mit einigen Bekannten darüber und schleppte mich schließlich vor jene Tür, durch die ich nun seit fast sechs Monaten jeden Tag ein und aus gehe. Es ist die Redaktion der Flughafenzeitung. Hier arbeite ich.

Zugegeben, ich betreibe keinen investigativen Journalismus, sondern gestalte eine Werbezeitung, die dem «Fuhlsbüttler Anzeiger» gar nicht so unähnlich ist. Doch dafür bekomme ich das Dreifache dessen, was ich bei Schwella verdient habe – und zwar als Festgehalt! Ich führe Interviews mit prominenten Fluggästen in der V.I.P.-Lounge, schreibe über das Oktoberfest in der Einflugschneise, über Peter Schleunings Kleingartenverein am Flughafenzaun und berichte – in eigener Sache – vom «Ersten Fuhlsbüttler Bobby-Car-Rennen» auf dem Müllberg (bei dem Mike, Rudolf und ich übrigens einen hervorragenden dritten Platz herausfuhren!).

Jette ist lange aus Berlin zurück und gönnt sich zurzeit ein Sabbatjahr. Sie denkt viel darüber nach, was sie danach machen möchte. Gestern strahlte sie voller Tatendrang: «Ich glaube, ich werde einen Spielzeugladen aufmachen.»

«Wie kommst du denn darauf?»

«Ich könnte Mike und Anne einen Teil ihres Fotostudios abluchsen. Das ist viel zu groß, um rentabel zu sein.»

«Aber – *Spielzeug*?»

Völlig übergangslos springt sie zum nächsten Gedanken: «Oder wir ziehen nach Wien, da wollte ich schon immer mal wohnen.»

Was das soll, werde ich wohl nicht mal bei «Elektro-Conrad» klären können.

«Hier läuft doch gerade alles prächtig. Was sollen wir denn da in Wien?»

«So konkret meine ich das doch gar nicht.»

«Und wie dann?»

Jette strahlt mich auf eine Art an, der ich nicht widerstehen kann: «Ich denke das nur mal durch – das bringt einfach Spaß!»

Recht hat sie.